Songes ou mensonges ?...

Myriam Djebaili

Songes ou mensonges ?...

Myriam Djebaili

Songes ou mensonges ?...

© 2017 Djebaili Myriam

Edition: BoD - Books on Demand
12/14 rond-point des Champs Elysées
75008 Paris-France
Imprimé par BoD – Books on Demand, Norderstedt
ISBN : 978-2-2322-082773
Dépôt légal : Septembre 2017

Je remercie :

- ma mère qui m'a encouragée dans la poursuite de cette nouvelle,

- mon compagnon Joan qui a été le premier à me soutenir dans ce projet,

- Céline et Stéphanie qui m'ont aidée et guidée pour la mise en page de cette nouvelle.

A mon père, parti beaucoup trop tôt

Il était 5h15....5h15! Eva se réveillait tous les matins à la même heure. Avec ce même sentiment. Cette sensation d'étouffer. Que sa vie lui échappait. Elle voulut crier. Crier fort pour qu'on vienne la sortir de ce cauchemar récurrent. Elle ouvrit la bouche en grand et hurla aussi fort qu'elle pouvait. Elle sentit presque la membrane de ses poumons se refermer sur elle-même tant elle avait vidé l'air qui s'y trouvait. Mais rien. Rien! Pas un son, pas un mot ni même le moindre gémissement n'en ressortit. Avait-elle perdu sa voix durant la nuit? Il faisait si sec dans sa chambre qu'elle sentait le fond de sa gorge la brûler. Ses cheveux étaient trempés et lui collaient à la nuque. Sa nuisette était dans le même état moite et tiède.... Elle avait dû surchauffer sa chambre, encore une fois. Eva avait aussi oublié de retirer la seconde couette qui lui permettait de se réchauffer les pieds le soir lorsqu'elle entrait dans ses grands draps glacials. Elle était seule. Seule avec ses cauchemars qui ne la quittaient plus. Elle n'osait plus fermer les yeux de peur de retrouver la même terreur qui l'avait envahie lorsqu'elle s'était éveillée.

Elle était pourtant encore fatiguée et le sommeil l'invitait de ses grands bras confortables. Elle n'était pas sûre de pouvoir résister longtemps ainsi dans ce demi-sommeil. Eva hésita à se lever. Pour aller faire quoi, rejoindre qui?...C'est alors qu'elle pensa que ses chats étaient encore là, eux. Fidèles et câlins. Pourquoi n'étaient-ils d'ailleurs pas encore près d'elle, dans son lit? Ils s'y précipitaient souvent dès qu'ils l'entendaient remuer à son réveil... Un mauvais pressentiment l'envahit soudain.

Et si quelqu'un était entré chez elle dans la nuit ou au petit matin et leur avait fait du mal. Si quelqu'un l'avait cambriolée? ... Si cette sensation désagréable qui ne la quittait plus depuis son réveil venait de là?... Elle devait se lever. Se lever pour en avoir le cœur net.

Elle n'osa plus respirer. Eva écoutait les moindres craquements de sa maison... Un calme étrange y régnait soudain. Pourquoi un tel silence? ... Eva ne bougeait plus et ses muscles étaient tendus sous les draps moites. Elle entendit enfin des petits bruits. Des bruits fins sur le sol. D'abord imperceptibles, ils s'approchaient de plus en plus. Alors qu'elle n'en pouvait plus et qu'elle était prête à hurler: " Qui est là?!!", en espérant effrayer les intrus, elle entendit un léger miaulement. Un miaulement endormi qui semblait l'interroger:

- Déjà réveillée? Tu n'arrives plus à dormir? ... Je peux venir te rejoindre dis? Tu veux des câlins?

Félix ! C'était lui! Il était là, vivant!! Eva s'était encore fait une fausse frayeur! Pas de cambrioleur, pas de chat mort, tout allait bien! Quelle idiote elle pouvait être parfois! Elle se sentait ridicule. C'était sûrement cette série noire télévisée d'hier qui lui avait inspirée dans la nuit ces cauchemars terribles. Cette série, couplée à l'inconfortable chaleur de sa chambre. Son malaise physique, lié à cette chaleur suffocante avait alors fait le reste.

Eva appela son chat vers elle pour la réconforter encore un peu plus:

- Viens mon chat viens, mon Félix!

Le chat hésita avant de sauter dans son lit et comme elle était pressée de pouvoir enfouir son nez dans ses longs poils blancs soyeux et de sentir son ronronnement enivrant résonner dans sa tête, elle le prit et le fit monter sur elle. Félix, comme il aimait à le faire, monta se poser jusque sur son oreiller et se blottit contre sa tête chaude. Il l'écrasa et l'étouffa presque sous son poids de chat gras et bien nourri. Elle voulut sentir sa chaleur sous sa main et lui caressa le ventre. Il ronronnait fort. Il avait dû avoir drôlement chaud ce chat dans la nuit car il était trempé!

- Mince, j'ai vraiment dû trop chauffer la maison cette nuit! Tu as vu, mon chat? Mon oreiller est trempé et toi aussi!! Mon pauvre chat! , dit-elle avec un sourire aux lèvres.

- Attends, je vais chercher une serviette pour essuyer tout ça! Les chats n'aiment pas être mouillés n'est-ce-pas?

Elle se leva alors et se rendit dans la salle de bain sans éclairer. Elle détestait cette lumière éclatante qui l'aveuglait tous les matins. Elle tenait encore à profiter un peu de cette matinée en trainant au lit. Elle essuya son visage humide d'un revers de main, et pris une serviette dans l'étagère.

Lorsqu'Eva se retourna, elle entrevit son reflet dans la pénombre à travers le miroir. Ses cheveux étaient en pagaille et trempés. Mais quelque chose lui sembla anormal sur son visage dans le miroir. Elle voulut vérifier et se pencha en avant. Elle avait presque peur de confirmer ce qu'elle n'osait encore croire. Elle ouvrit alors un peu plus les stores pour que la lumière naturelle du dehors l'éclaire. Elle vit une marque foncée sur sa joue droite.

- La sueur ne fait pas de telles marques? se dit-elle ...

Elle dirigea alors lentement sa main vers l'interrupteur tout en ne pouvant pas quitter son reflet des yeux dans la glace. Lorsque sa main toucha l'interrupteur et que la lumière jaillit de tout son éclat, Eva ne cligna pas des yeux alors que d'habitude elle mettait un temps fou à s'y habituer. Sa mâchoire inférieure s'affaissa malgré elle et sa bouche s'entrouvrit. Ce qu'elle vit dans le miroir lui fit battre son cœur à tout rompre dans sa poitrine. Une trace pourpre noire lui balafrait le visage. Un miaulement rauque lui fit tourner la tête machinalement vers la chambre, sa bouche encore entrouverte. Félix était bien là sur son oreiller, mais il n'était plus du blanc éclatant qu'elle lui aimait tant. Il baignait dans une mare de sang!

Eva s'entendit hurler! Elle se retourna, agitée et paniquée. Elle n'était pas debout dans la salle de bain comme elle le croyait mais encore couchée. Elle n'était en fait jamais sortie ni de son lit ni de son rêve. Samy la regardait les yeux ronds la respiration coupée: "C'est encore ce foutu rêve?"... Elle ne lui répondit que par un soupir las. Il lui passa tendrement la main dans les cheveux. Elle les sentit sales. Une envie irrépressible de les laver l'envahit soudain. A la surprise de Samy, qui en resta coit, elle fila brusquement sous la douche pour se laver de cet effroi dont elle s'extirpait avec peine certains matins. Samy lui cria depuis la chambre:

- Tu devrais aller voir quelqu'un ma chérie, tu ne crois pas? Daniel m'a parlé d'un bon psy la dernière fois...

La voix de Samy semblait déjà provenir d'un autre monde. Eva ferma les yeux, laissant ses cheveux et l'eau lui ruisseler sur le visage, la tête en avant. Il lui sembla revoir les images de son cauchemar s'accrocher une dernière fois dans ses pensées avant de l'abandonner. Elle voyait presque ces images oniriques se délaver et se déformer sous les flots puissants de la douche. Non, elle n'avait pour l'instant pas envie de déballer sa vie privée ni ses cauchemars, aussi terribles soient-ils, à un ou une quelconque inconnue. Elle avait bien trop peur d'ouvrir la boîte de Pandore que semblait contenir son esprit.

Elle essaya de comprendre l'origine de ces crises d'angoisse à répétition Elle avait pourtant tout pour être heureuse: un compagnon tendre, aimant et compréhensif. Des chats, ces compagnons de vie qui l'avaient toujours suivi dans ses périples. Un travail. Pas celui dont elle avait pu rêver certes, mais ce concours d'enseignante n'avait pourtant pas été facile à décrocher. Et aujourd'hui il lui permettait de subvenir à ses besoins. Il leur avait aussi permis à Samy et à elle d'obtenir un prêt à la banque pour habiter dans la maison de leurs rêves.

Eva entendit Samy lui dire à nouveau quelque chose depuis la cuisine à l'étage du dessous. Il devait s'impatienter, le petit-déjeuner devait être prêt. Depuis combien de temps était-elle donc sous cette douche? Il était déjà 10h30! Elle n'avait pas vu le temps passer. Elle se sécha rapidement, enfila sa robe de chambre préférée. Se parfuma légèrement, vérifia son allure dans la glace, puis descendit. Le petit-déjeuner était en effet prêt, le café fumait encore. Elle adorait sentir les effluves du café lui chatouiller délicatement les narines au matin.

- Samy?.... Excuse-moi, je sais j'ai été longue... Chéri?...

Samy ne répondait pas. C'est alors qu'Eva se rendit compte qu'une seule tasse fumait. La sienne. Celle de Samy était vide. Elle vit alors un mot sur la table: "Georges m'a envoyé un sms. Maman est encore tombée. J'aurai aimé rester avec toi ma chérie. Mais je dois aller voir si tout va bien pour maman. Déjeune bien et prends du temps pour toi ma chérie.

Ta nuit a été bien agitée. Je t'aime. A tout à l'heure."

Pour quelqu'un qui était pressé il en avait écrit des choses! Mais bon sang combien de temps était-elle donc restée sous cette douche? Longtemps. Sûrement trop longtemps.

Les oiseaux chantaient vaillamment à l'extérieur. La journée s'annonçait belle et agréable. Elle n'avait pas de copies à corriger cette semaine. Elle décida alors d'aller s'aérer les poumons dans le parc voisin. Elle aimait errer dans ses allées. Voir les canards s'ébattre dans le lac. Elle adorait en hiver se confondre avec les arbres, fermer les yeux et laisser ses autres sens prendre le dessus: écouter les bruissements légers des oiseaux dans les arbres, sentir l'air frais entrer jusqu'au plus profond de ses bronchioles, glaçant sa poitrine à chaque inspiration. Humer l'air terreux des abords du lac. Entendre frissonner les hautes branches des arbres au-dessus de sa tête. Elle s'imaginait alors s'élever jusqu'à leurs cimes en longeant leurs troncs pour observer le parc depuis le ciel.

Eva connaissait si bien ce parc qu'elle vit presque nettement le kiosque à glace entouré de familles enchantées, elle connaissait par cœur la musique du manège de Mme Bonat, elle savait que des enfants aux regards émerveillés s'y laissaient bercer. Eva se revit quelques années auparavant y emmenant son neveu qui adorait monter sur la soucoupe volante bleue qui s'élevait de quelques mètres à chaque impulsion du pouce. Il avait aujourd'hui déjà 10 ans. Mais il adorait encore grimper sur les manèges. Elle ne faisait rien pour l'en dissuader. Elle avait adoré très longtemps elle-même ce qu'elle appelait les "tournants" qui l'émerveillaient tant. L'enfance est un monde si merveilleux et si éphémère qu'elle enviait son neveu d'y être encore. Les enfants voient tout de façon si magique! Tant d'enfants n'ont pas sa chance de pouvoir s'amuser à son âge encore. Elle se dit que le manque de maturité de son neveu lorsqu'il était avec elle devait être inconsciemment provoqué par son désir de le voir profiter le plus longtemps possible de son enfance. Eva en profitait même pour revivre à travers lui sa propre enfance!

Alors que ces idées lui traversaient l'esprit et qu'elle était assise sur un banc au pied d'un olivier, elle entendit des sanglots. Elle crut d'abord que cela provenait d'un enfant puis elle reconnut une voix féminine. Son auteure devait être jeune. Encore un cœur brisé se dit-elle. Ou peut-être pas. La seule fois où elle pleura ainsi en public en ce qui la concernait, ce fut lorsqu'elle apprit cette terrible nouvelle concernant son père.

Elle se souvenait de ce jour comme s'il s'était figé à jamais dans son esprit. Elle avait pris le train pour rejoindre sa famille. Elle ne pouvait empêcher ses larmes de couler. Ce moment lui semblait encore palpable aujourd'hui tant ses émotions avaient été intenses alors.

Une vielle dame était assise en face d'elle et la regardait pleurer à chaudes larmes, avec un regard tendre et compatissant. Elle avait alors dû se demander ce qui lui valait de tels sanglots. Il avait alors semblé à Eva que cette vieille femme qu'elle ne connaissait pas, savait tout et lui parlait sans même ouvrir la bouche.
- Pleure, jeune fille, pleure ….La vie est ainsi faite. Des instants de bonheur et des instants terribles. Celui ci aussi passera, tu verras.
Eva fut à nouveau extraite de ses pensées par une voix masculine cette fois. Une voix dure qui semblait dirigée vers la fille en larmes. Elle discernait à peine ce qu'ils se disaient et ne voulait pas entrer dans leur intimité mais une voix intérieure lui murmura que la fille était peut-être en danger.
Tu vois bien, lui disait-il... C'est toi, c'est toi qui m'y pousses ...Tu me dégoutes tiens!
Puis un bruit sec stoppa net les pleurs qui se transformèrent en gémissements. Un senti-

ment d'urgence l'envahit alors. L'homme avait-il frappé la pauvre femme? Eva tendit un peu plus l'oreille.

A sa petite voix, la fille semblait terrorisée par celle de l'homme qui avait visiblement une emprise sur elle.

Eva décida de se lever et d'aller marcher près d'eux pour en avoir le cœur net, et surtout pour faire en sorte de libérer la malheureuse inconnue des griffes de son tyran. Elle se sentit pousser des ailes comme emplie d'une mission nouvelle qui lui donnait une contenance et un objectif sérieux et grave. Si elle pouvait faire comprendre à cette fille qu'elle avait mal choisi son partenaire et qu'elle ne devait pas croire, comme beaucoup de femmes battues ou maltraitées, que son destin était scellé à jamais à cet homme, qui pensait certainement être le seul capable de la rendre heureuse et qu'elle était sa chose. Elle devait faire vite! Ils seraient peut-être déjà partis lorsqu'elle les atteindrait, elle ne pourrait alors plus rien faire pour cette pauvre fille.

Quand elle passa devant le couple l'homme tenait la main de la femme qui souriait, regardant dans le vague. Le couple semblait heureux et même béat de bonheur!

Était-ce vraiment eux qu'Eva avait entendus de l'autre côté de la haie? Ce couple-ci paraissait trop uni et heureux pour qu'elle puisse y croire. La fille était enceinte. Elle le vit immédiatement. Un ventre bien rond qui ne laissait place à aucun doute.

- Six/sept mois de grossesse au moins, se dit-elle...

Elle passa alors au plus près d'eux, un léger sourire accroché aux lèvres. Elle essaya d'être discrète. Elle savait qu'elle n'aurait aucun mal à mimer ces promeneurs qui se laissaient lentement et volontairement perdre dans les allées du parc, elle les avait si souvent observés. Mais au moment où elle dépassa le couple, la dernière image qui resta imprimée sur sa rétine et que sa mémoire lui renvoyait était un regard supplicateur, envoyé tel une bouteille à la mer dans un dernier élan d'espoir, mais qui la toucha au plus profond de son âme et de son cœur. L'image subliminale avait été aussi rapide qu'un flash mais elle savait qu'elle était bien réelle, car déjà son sang se glaçait de l'effroi profond que ce regard terrorisé lui avait transmis.

Le sourire qu'elle arborait il y a quelques secondes encore avait fait place à une bouche figée. Elle n'osa se retourner de peur que l'homme ne s'en rende compte. Par ce geste il lui semblait qu'elle aurait trahie la pauvre prisonnière ou même pire, qu'elle la livrait à un destin tragique certain.

Samy! Vite ! Elle en avait presque oublié Samy! Il fallait qu'elle lui raconte! Il fallait qu'ils agissent, qu'ils aident cette pauvre femme. Elle le lui avait supplié d'un simple regard!

Quand Eva rentra chez elle, elle se jeta sur son portable qu'elle avait volontairement laissé son domicile afin de mieux parvenir à se détendre durant sa promenade au parc. Samy lui avait laissé plusieurs messages.

- Oh non! S'écria-t--elle.

Lorsqu'elle écouta le premier message elle comprit à la voix de Samy qu'il était arrivé quelque chose de grave.

- Je suis à l'hôpital, lui dit la voix aimée.
- Maman s'est cassé le coccyx et la jambe, et sa douleur était si vive qu'ils l'ont mise sous morphine. Viens si tu peux ma chérie, je vais attendre qu'elle se réveille, elle ne devrait pas tarder je crois.

Il y eût un blanc... Puis un second message:

- Tu as dû aller au parc comme tu le fais souvent.

On sentait que Samy avait dit ces mots avec un léger sourire aux lèvres.

- A tout à l'heure.

Cette dernière phrase avait été libérée du bout des lèvres.

Eva sentit Samy très affecté et un sentiment soudain de culpabilité l'envahit. Elle se pensa coupable non seulement de ne pas avoir pris son téléphone avec elle mais de s'être inquiétée pour des inconnus dans un parc au moment précis où son propre mari avait eu tant besoin d'elle. Un profond sentiment de tristesse submergea Eva, qui rejeta aussitôt ces sentiments affligeants et inutiles.

Elle attrapa déterminée et à pleine main les clefs de sa voiture. La porte claqua derrière elle. Elle ne prit pas le temps de lire ses trois autres messages. Elle en avait assez entendus comme cela.

Quand elle arriva à l'hôpital Eva se dirigea droit vers l'accueil pour demander où était la chambre de Mme Stona. Elle aurait pu téléphoner à Samy pour connaître le numéro de chambre de sa mère, mais elle pensa qu'elle pourrait déranger la tranquillité des malades dans leur chambre. Samy choisissait parfois certaines sonneries de téléphone qui pouvaient être terriblement stridentes. Elle s'en serait trop voulu, en plus de n'avoir pas été présente immédiatement pour voir sa mère, de la réveiller dans son sommeil. Et puis la dame de l'accueil lui était très sympathique. Elle avait immédiatement reconnue Eva à l'entrée et lui avait lancé un "Bonjour Mme Stona" accompagné d'un large sourire chaleureux et réconfortant.

Il faut dire qu'Eva et Samy étaient des habitués de l'hôpital. Mme Stona n'en était pas à sa première chute, et ils n'en n'étaient pas non plus à leur première visite.

- Votre belle-mère est dans la chambre 208 Mme Stona, votre mari est là depuis quelques heures déjà.

- Quelques heures? pensa-t-elle... Samy va m'en vouloir terriblement!

Lorsqu'Eva prit l'ascenseur le mouvement de celui-ci qu'elle trouvait habituellement doux, lui parut brutal. Elle ressentit le mouvement encore plusieurs secondes après en être sortie. Cela lui arrivait parfois. Un vestige de sa crainte pour le mal des transports. Eva arriva enfin devant la chambre 208.

Elle frappa doucement puis elle entra. Samy s'était assoupi sur la chaise qui faisait face au lit de sa mère. Eva eut juste le temps de se tourner vers sa belle-mère pour se rendre compte qu'elle avait un pansement sur la tempe droite et qu'on lui avait plâtré la jambe du même côté, jambe qui dépassait du drap car elle était soutenue par des liens. La voix de Samy qui se réveillait lui parvint:

- Ah, tu es là! , lui dit-il en s'étirant. On a eu peur, elle a perdu connaissance et pas mal de sang. Sa tête a heurté le coin de la commode. Elle a dû buter sur le bas de son lit et faire une mauvaise chute. Foutu lit! Depuis le temps que je lui dis qu'il faut le changer mais il n'y a rien à faire, elle veut le garder parce qu'elle dit que papa y tenait beaucoup et que le jeter serait le trahir!

Samy pestait tout seul à voix basse pour ne pas réveiller sa mère.

Il avait toujours été très proche de sa mère. Il n'oubliait jamais ni ses fêtes, ni ses anniversaires de naissance ou de mariage. Il lui offrait toujours des fleurs, c'était toujours un jour spécial pour ceci ou pour cela. Eva aurait pu être jalouse mais elle trouvait cela tellement touchant. Si peu d'hommes osaient démontrer autant d'amour et d'attachement pour leur mère devant leurs femmes. Samy était également tout ce qui restait à sa mère, qui avait perdu son mari trop tôt, emporté par la maladie du siècle : un cancer du côlon. Son mari, si costaud qu'il semblait aussi solide qu'un roc, avait alors perdu ses kilos aussi vite que neige qui fond au soleil. Sa joie de vivre ainsi que sa force s'étaient envolées comme happées par un cyclone. Les médecins n'avait jamais vu cela et ils n'avaient même pas eu le temps de tenter un quelconque traitement. Cela s'était passé il y a 10 ans et tant de choses semblaient avoir changées depuis.

Samy était donc le fils unique de Louise, et il n'avait pas arrêté de répéter depuis, histoire de justifier ses petits soins pour sa mère:

- Tu comprends, elle n'a plus que moi et je n'ai plus qu'elle dans la famille....

Et remarquant le regard soudain attristé et blessé d'Eva, il lui avait ajouté avec un sourire réconfortant:

- Enfin non, je t'ai toi aussi ma chérie bien sûr, mais je veux dire si elle ne peut pas compter sur moi alors sur qui le peut-elle donc?"

- Mais évidemment, je comprends Samy, tu n'as pas à te justifier.

Elle lui avait dit cela en n'osant pas imaginer le Samy qu'il deviendrait une fois sa mère disparue. S'en remettrait-il seulement? Certains moments, il lui semblait encore plus fragile que sa mère, alors que lorsqu'elle l'avait rencontré c'est la force inébranlable qu'il dégageait qui lui avait valu d'être immédiatement submergée d'admiration pour lui. Il venait de décrocher son poste à l'université Paris VIII, un poste "qu'il partait décrocher pour la vie" comme il avait dit, un sourire confiant aux lèvres le jour de son concours. Elle savait à son air de gagnant qu'il y parviendrait. Il avait fait son tour de France des concours comme il disait mais c'était ce poste qu'il convoitait vraiment. Il y avait peu de choses que Samy désirait qu'il ne parvenait pas à obtenir. Il ne supportait pas l'échec! C'est pourquoi il preneur tant soin de sa mère. Elle avait 88 ans mais il était persuadé que s'il s'occupait bien d'elle elle vivrait encore de longues années! Il adorait les challenges et il lui avait dit un jour qu'il espérait bien un jour pouvoir lui fêter ses 100 ans! Il avait en effet promis un jour à son père qu'il s'occuperait de sa mère aussi bien qu'il l'aurait fait lui-même. Celui-ci lui avait alors avoué en plaisantant "Alors, je peux partir confiant mon fils. Je suis sûr que ta mère pourra devenir centenaire grâce à toi!"

Eva ne savait pas pourquoi mais Samy s'était depuis ce fameux jour, senti obligé de relever le challenge:

- Elle vivra au moins 100 ans papa, je te le promets!

Quelle idée! C'était tout Samy. Pour faire plaisir à ceux qu'il aimait il était prêt à décrocher la lune ou du moins persuader les autres qu'il en était capable et qu'il le ferait!

Alors qu'elle était encore dans ses pensées Eva se rendit compte que Samy lui parlait depuis plusieurs secondes sans qu'elle s'en rende compte. Heureusement Eva avait entendu la fin de sa phrase:

- ... Bon, à part ça, les médecins ont dit que maman s'en sort plutôt bien mais qu'elle devra se déplacer en fauteuil pendant au moins un mois et demi! Elle qui déteste être assistée!

- C'est un moindre mal Samy. Si c'est ce prix qu'elle doit payer pour se remettre d'aplomb alors….Je me ferai un plaisir de l'emmener avec moi au parc pour la promener de temps en temps tu sais !

Le parc... Soudain le terrible regard de la jeune fille croisée au parc lui revint en mémoire avec cette phrase qu'elle semblait lui avoir murmurée:

- Je vous en prie, aidez-moi!

Samy alla voir sa mère à l'hôpital tous les jours durant la semaine où elle fut gardée en observation.

Louise ressortit ensuite plâtrée, le visage encore tuméfié, mais heureuse de retrouver sa liberté. La mère de Samy habitait à deux pas du couple, ce qui facilitait leur rapprochement. Eva s'était tout naturellement proposé de sortir sa belle-mère tous les jours au parc après son travail qu'elle quittait souvent autour de 15 ou 16h. La femme du parc la hantait trop, il fallait qu'elle la revoie.

Peut-être était-elle vraiment en danger ou peut-être avait-elle tout inventé, quoi qu'il en soit elle devait être fixée.

Le lendemain de sa sortie de l'hôpital Eva était donc passée chercher Louise Stona qui l'attendait avec impatience. Georges était là lui aussi, fidèle à lui-même et surtout à son amie de toujours. Ils avaient grandi ensemble tels deux frère et sœur. Georges ouvrit la porte à Eva, un sourire chaleureux mais quelque peu pincé accroché aux lèvres. Georges était toujours habillé très chiquement avec des polos de marque et des gilets en laine sans manche. Il ne mettait jamais de pull et n'avait que très rarement froid. Jamais malade, il ne se plaignait jamais de rien non plus. Il était à la fois l'ami et l'éternel amoureux éconduit de Mme Stona. Elle l'aimait beaucoup mais le considérait trop comme son grand frère pour avoir pu accepter et même concevoir une quelconque idylle avec lui. Georges lui avait déclaré sa flamme lorsqu'ils avaient 20 ans et qu'ils faisaient leurs études respectives, lui d'avocat, elle de kinésithérapie.

Mme Stona lui avait littéralement brisé le cœur en lui avouant qu'elle était tombée amoureuse d'un camarade d'étude qu'elle avait rencontré dans sa promotion. Un étudiant brillant, bien sous tous rapports; quelque peu expansif et un peu trop sûr de lui mais qui avait dû la séduire et devenir très vite le père de Samy. Son unique fils. La perle de sa vie. Georges avait pourtant toujours cru que Louise Stona et lui étaient destinés à finir ensemble un jour ou l'autre, qu'ils étaient faits l'un pour l'autre. Sa douleur avait été si vive lorsqu'il apprit que la femme de sa vie était enceinte d'un autre qu'il s'était expatrié aux États Unis. Atlanta! Il pensait et espérait que la distance entre eux finirait par la ramener à la raison, qu'il lui manquerait trop et qu'elle aurait fini par la rejoindre ou lui déclarer sa flamme en retour.

Rien de cela n'eut lieu au grand malheur de Georges. Mme Stona n'avait jamais vraiment compris sa réaction car elle ne pensait n'avoir jamais eu ni mot ni acte ambigus envers lui. Mais il est vrai que leur amitié était si fusionnelle que de nombreuses personnes s'y étaient laissé tromper. Après deux ans à Atlanta, Georges avait fini par revenir en France avec une belle expérience professionnelle supplémentaire sur son CV, mais « la queue entre les jambes » car n'étant pas parvenu à ses fins concernant Mme Stona. Il avait bien essayé de la rendre jalouse en lui racontant quelques aventures qu'il avait soi-disant vécues aux USA, mais Louise Stona ne semblait pas montrer le moindre soupçon de jalousie. Pire, elle était même heureuse pour lui et l'avait encouragé avec des "C'est formidable, Georges! Une américaine! Moi qui adore parler anglais! Tu me la présenteras dis??"!

Georges s'était rendu alors définitivement rendu compte à quel point sa stratégie était vaine. Il prit dans le même temps conscience qu'il ne pouvait envisager de vivre sans avoir Eva près de lui. Il avait alors fini par se faire une raison et avait décidé de revenir au pays. En dehors de ces idylles américaines, personne ne lui avait jamais connu quiconque de plus proche que Louise Stona. Un tel sacrifice rendait Eva admiratrice. C'est en repensant à tout cela, qu'Eva entra dans la maison et qu'elle vit que les deux amis venaient de finir une partie de Scrabble.

- Alors qui a gagné cette fois? s'écria Eva.

- Ah, eh bien je crois que j'ai eu beaucoup de chances, j'ai tiré toutes les lettres à forts points » lâcha modestement Louise, au grand dam de Georges qui n'aimait pas perdre.

- Mais Georges progresse, bientôt l'élève dépassera le maître, plaisanta-t-elle en faisant un clin d'œil taquin à Georges qui lui adressa une moue de circonstance.

Avant que Georges ne rétorque, Eva avait lancé:

- Je vous la vole quelques instants Georges, nous allons nous aérer les poumons pour nous promener au parc.

- Je vais en profiter pour faire la liste de courses dont Louise a besoin. A tout à l'heure toutes les deux, promenez-vous bien et surtout ne faites pas de folie hein…

Le parc, enfin! Eva aurait peut-être la chance d'en apprendre un peu plus sur sa victime inconnue. Elle dirigea le fauteuil de Louise un peu trop vite et maladroitement et faillit buter dans un énorme caillou qui était en travers de la route. Louise poussa un cri strident qui sortit Eva de ses pensées:

- Mais dites-moi Mme Stona, vous ne voulez tout de même pas que je me casse le crâne en plus de la jambe, si?! lui envoya-telle en plaisantant.

- Je suis vraiment désolée Louise, je vais faire plus attention, c'est promis!

Eva se sentait toute penaude, mais elle était si pressée! La fille désespérée serait-elle là? En saurait-elle un peu plus sur cette histoire qui la hantait tant depuis plusieurs jours?

Quand Eva et Louise arrivèrent dans le parc, à leur grand étonnement celui-ci était fermé ! Un panneau indiquait "Parc exceptionnellement fermé pour causes sanitaires, pour une durée indéterminée". Eva était atterrée! Qu'est-ce que cela voulait-il dire? Elle qui espérait tant retrouver la fille terrorisée du parc.

Pour compenser cette frustration soudaine et pour mieux se rapprocher de cette pauvre fille malgré la mauvaise tournure que prenaient les événements, Eva décida de l'appeler Sana. Sana était sa nouvelle amie. Sana avait besoin d'elle quelque part.

Elle ne sait pas pourquoi mais une voix intérieure la réconforta en lui murmurant à l'oreille qu'elle aurait bientôt des nouvelles de Sana, qu'il lui fallait juste être patiente. Louise Stona était également bien déçue de voir que le parc était fermé mais Eva lui dit, avant même qu'elle n'ait pu lui communiquer sa déception:

- Ah zut, cela doit être encore à cause de cette fichue grippe aviaire dont ils parlaient aux actualités. Je pense que les canards du parc ont dû être atteints eux aussi… Ou alors est-ce juste une mesure de prévention... J'espère qu'ils ne les euthanasieront pas les pauvres...

- Oui, c'est moche, lui répondit Louise triste et déçue. On va encore demander à certains éleveurs d'abattre tout ce qui leur permet de vivre! Fichue époque tout de même! On n'a pas idée ! De mon temps, il n'y avait pas tant d'élevages en batteries! Il y avait du coup bien moins de maladies et on n'en arrivait pas à de tels abattages de masse!! On marche sur la tête, ma parole!

- Allez Louise! On ne va pas se laisser abattre, dit Eva en rebroussant chemin avec la chaise roulante. On va se faire quelques vitrines et se déguster un bon chocolat chaud, qu'en pensez-vous Louise ??

Et hop! Eva embarqua sa belle-mère dans les galeries marchandes du centre-ville.

Lorsqu'elles rentrèrent enfin de leurs courses, il était presque 19h. Louise se dit épuisée, ce qui ne surprît pas Eva. Louise avait pour habitude de passer chez le couple après que Samy soit rentré du travail, mais elle était cette fois-ci si épuisée qu'elle insista pour rentrer chez elle directement. Louise devait être bien fatiguée en effet, car Eva savait à quel point voir son fils lui procurait du plaisir.

- Vous m'avez exténuée Eva! Mais grâce à vous, j'ai à pris plaisir à refaire ma garde-robe comme du temps où j'étais jeune fille! Et Cette robe rouge que vous vous êtes achetée vous va à ravir! Mettez-la demain au diner, je suis sûre que Samy va l'adorer!

Bien sûr. Si Louise avait tant insisté pour qu'Eva achète cette robe c'était car elle savait que celle-ci plairait à son fils!

Lorsqu'Eva rentra à la maison, Samy sirotait déjà un whisky tout en écoutant son chanteur de jazz préféré: "Stan Getz". Samy avait fait découvrir à Eva ce magnifique chanteur à la voix si suave et si douce, mort si jeune. Samy avait l'air songeur.
- Ah... Stan Getz ?... Journée difficile, hein? lança Eva en s'asseyant près de Samy.
-Plutôt oui... Mon thésard m'a lâché! Ça lui a pris comme ça! Il m'a dit:"J'arrête tout, j'ai trouvé du boulot! Je suis désolé monsieur, merci mais j'ai trouvé mieux!!
Et pouf! Il est parti!!
- Trouver mieux je lui ai dit!!?? De mon temps on allait au bout des choses, si on s'engageait dans une voie on ne capitulait pas avant la fin!
Samy semblait en effet vraiment bien affecté. Il ne fumait plus depuis des mois mais pourtant une cigarette avait déjà été écrasée dans le cendrier et une autre laissait échapper de la fumée depuis le bout de ses doigts.

Eva essaya de réconforter son mari en lui disant qu'en effet les jeunes d'aujourd'hui ne savent plus attendre ni faire des sacrifices.

- Ils veulent tout et tout de suite, que veux-tu?

Sur ces mots Samy écrasa sa cigarette. Eva poursuivit:

- Notre balade s'est bien passée avec ta maman, mais le parc étant fermé nous sommes finalement allées un peu en ville. D'ailleurs ta maman me fait te dire qu'elle t'embrasse, elle était trop fatiguée de notre promenade pour passer… Elle rêvait de s'allonger m'a-t-elle avoué.

- Ne va pas me tuer ma mère ma chérie, elle sort à peine de l'hôpital tout de même.

- Mais mon chéri enfin, oui je fais attention, évidemment! Mais ta maman avait besoin de s'aérer après toutes ces journées à l'hôpital, tu la connais.

Eva trouva Samy injuste de lui faire des reproches au lieu de la remercier de s'occuper de sa mère.

- Bon je vais me faire couler un bain. Cette balade m'a épuisée moi aussi tiens!

Eva s'apprêtait à monter l'escalier, lorsque Samy lui dit de loin:

- Au fait, il y avait une lettre pour toi devant la porte, je l'ai posée sur le meuble sous l'escalier.

Eva aperçut la lettre posée sur la commode au bas de l'escalier sur laquelle deux mots étaient maladroitement manuscrits: "Madame Stona", sans adresse ni timbre. Eva ne sut pas pourquoi mais ses poils se hérissèrent sur sa peau et son cœur accéléra.

Elle resta un moment figée, puis se résolut à prendre la lettre. Elle monta les marches de l'escalier, la lettre toujours fermée à la main. Elle ne put rassembler les forces pour l'ouvrir qu'une fois dans son bain. Ce qu'elle lût dans la lettre lui coupa le souffle:

- Madame s'il vous plait. Je vous vois souvent au parc. Je sais que vous tout compris et tout entendu l'autre fois. S'il-vous-plait rien dire à personne. Si vous comprendre, peut-être vous vouloir aider moi. Mais vous pas parler à personne s'il-vous-plait, sinon moi en danger!

Eva se laissa couler au fond de la baignoire et n'en ressortit que lorsque ses poumons la brûlèrent par manque d'air. Elle ne pouvait crier mais elle l'aurait volontiers fait si elle avait été seule. Eva ne s'était donc pas trompée! C'était elle, c'était Sana qui avait dû lui laisser cette lettre. Elle l'avait vu dans ses yeux. Elle l'avait bien appelée à l'aide. Elle n'était donc pas folle! Mais comment avait-elle su où elle habitait et comment elle s'appelait? La jeune fille avait dû la suivre sans qu'elle ne s'en rende compte, ça ne pouvait être que cela.

Elle n'en parla pas à Samy qui ne lui demanda pas pourquoi elle avait l'air si distant et si rêveur au cours du dîner. Il attribua son état inhabituel au fait qu'il lui avait fait des reproches pour sa mère rentrée très tard.

Samy parla finalement pour rompre le silence et pour se faire pardonner:

-De qui était cette lettre Eva?

- Comment, quelle lettre? Ah oui, la lettre! ... Eh bien c'était…. la voisine! Elle me devait de la monnaie que je lui ai avancée la dernière fois, dit Eva avec le plus de détachement possible.

- Ah, d'accord…. Au fait, merci de t'occuper de maman comme tu le fais chérie, je sais qu'elle n'est pas toujours facile à vivre. Ça va, elle a été agréable aujourd'hui? Etait-elle contente de votre balade au parc?

- Tu vois bien que tu ne m'écoutes pas Samy" dit-elle. Nous sommes allées en ville. Je te l'ai dit.

- Ah oui? ... Alors pardon…C'est pour ça qu'elle n'est pas passée me voir! Oui je me souviens tu vois!! Vous vous êtes épuisées à faire les boutiques!" dit-il en la taquinant espérant que sa bonne humeur revienne.

- Oui, tout à fait, et je me suis faite plaisir comme tu peux voir. Ta maman a voulu me faire un cadeau, elle me l'a offerte, elle te plait? lui demanda Eva en tournoyant sur elle-même.

- Magnifique robe rouge ma chérie! Elle te va à ravir! Tu es encore plus belle que d'habitude, lui susurra Samy en l'embrassant.

Samy savait y faire avec elle, il savait effacer tous ses soucis et son humeur morose en l'envoûtant de son si profond regard noisette. Il lui prit la main et lui dit qu'il avait beaucoup de chance d'avoir une femme si belle et si attentionnée avec lui et avec sa mère.

- Je le sais bien! lui dit-elle en lui souriant avec malice.

Eva pensa soudain qu'elle avait beaucoup de chance de ne pas avoir un mari qui la maltraitait ou la terrorisait, comme semblait le faire l'homme du parc avec Sana.

Comment allait-elle faire pour aider cette fille? ... Elle ne lui avait laissé ni adresse ni téléphone, ni même un prénom? ... Pourquoi était-elle venue jusque chez elle? Le seul lien entre Sana et elle était le parc et cette lettre anonyme. Mais le parc était fermé! Pour combien de temps elle n'en savait rien. Pourquoi Sana ne lui avait-elle tout simplement pas donné rendez-vous quelque part ou parlé?? Mais peut-être n'avait-elle pas pu terminer son message ...

Par un beau jour de printemps, le parc rouvrit enfin!

Eva le sut car elle entendit au loin le carillon du manège! Elle enfila sa veste et son sac et alla vite arpenter les allées familières du parc qui lui avaient tant manquées! Les arbres étaient en fleurs! Eux qui avaient si nus durant l'hiver!!

Elle était toujours autant émerveillée de voir la nature regorger de vie et si luxuriante après de longs mois de dormance.

Les oiseaux s'égosillaient en criant à tue-tête pour couvrir le bruit ambiant de la ville. Il n'y avait pas grand monde dans le parc à sa grande déception et elle ne vit pas non plus l'ombre de qui que ce soit qui ressemble de près ou de loin à Sana, ni à son amant tyrannique. Pourquoi en faisait-elle une telle obsession? Cela faisait des mois qu'elle n'avait plus reçu de lettre ni eu de nouvelles et pourtant! Eva décida alors d'aller s'asseoir près du parc pour enfants. Elle appréciait à nouveau d'y aller aujourd'hui. Il y a quelques années, cela aurait été au-delà de ses forces. Mais elle s'était faite à l'idée de ne jamais enfanter et ses fausses couches à répétition ainsi que les profondes douleurs et désenchantements qui l'avaient marqué avaient eu raison de sa détermination à être mère. Tel était son destin. Eva ne luttait plus. Elle avait décidé d'accepter sa vie telle qu'elle se présenterait à elle. Ce n'était pas de la résignation, c'était de l'acceptation.

Samy et elle ne s'étaient jamais inscrits sur un quelconque registre d'adoption. Ils auraient pu le faire mais elle savait qu'ils n'avaient pas la moindre chance qu'on les appelle un jour. Samy le lui avait expliqué de nombreuses fois. C'était son domaine en tant que médecin, il les voyait défiler les parents qui essayaient d'obtenir par la médecine malgré leurs âges avancés, ce que l'administration ne pouvait leur offrir. Les listes d'attente étaient si longues aujourd'hui que les adoptions étaient devenues quasi miraculeuses et il fallait avoir les bras longs pour cela, ou avoir de l'argent. Beaucoup d'argent! Les couples les moins âgés étaient favorisés le plus souvent dans l'intérêt des enfants, et ça n'était malheureusement plus leur cas. Alors, elle compensait avec tous les enfants qu'elle voyait.

Lorsqu'elle entendait sa sœur ou ses amies se plaindre de la fatigue et du peu de temps que leurs enfants leur laissaient, elle se disait que tout compte fait par chance, elle pouvait encore vaquer à ses loisirs tels que la peinture, la danse, la musique, le cinéma. Cela lui laissait aussi le temps pour se donner pleinement dans son travail même s'il n'était pas celui dont elle avait rêvé. Le métier d'enseignante en collège n'était pas toujours facile même souvent ingrat, mais il lui permettait de garder contact avec des jeunes et des enfants qui lui montraient tous les jours à quoi son propre enfant aurait pu ressembler. Elle "adoptait" d'ailleurs mentalement régulièrement certains de ses élèves qui la touchaient particulièrement par leur sensibilité, leur gentillesse ou leur originalité.

La chute d'un ballon à ses pieds la sortit soudain de ses rêveries. Elle renvoya aussitôt celui-ci à son jeune propriétaire qui se pressa de le récupérer en lui jetant un regard timide. Elle lui sourit pour le rassurer et l'enfant de 2/3 ans lui rendit timidement son sourire avec un regard coquin. Comme il lui était facile de faire sourire les enfants et comme il était simple de communiquer avec eux! Si seulement les adultes pouvaient l'être autant!

Soudain son regard tomba net sur un visage qui lui faisait face. Un visage connu qui ne semblait pas accompagner un enfant en particulier. Elle chercha dans ses souvenirs mais rien ne pût lui rappeler ou elle avait déjà rencontré ce visage. Il s'agissait d'une belle jeune femme brune d'une trentaine d'années qui regardait dans le vague. Eva fut surprise par son regard qui était différent du regard souvent préoccupé ou amusé des parents du parc. Elle se demanda où était l'enfant de cette dame qui lui était si familière. Ou avait-elle donc vu cette femme? Une parente d'élèves peut être? Elle en avait vu et en voyait encore tant!

La jeune femme sembla soudain prendre conscience du regard interrogateur d'Eva car elle se leva et à son grand étonnement elle repartit seule précipitamment. Elle était donc bien venue au parc pour enfants seule tout comme elle, uniquement pour le plaisir de se baigner dans l´ambiance joyeuse, bruyante et agitée du monde des enfants?? Elle suivit du regard cette femme inconnue qu'elle ne remettait toujours pas, et pensa qu'elle était la car elle avait peur être comme elle perdu un enfant et qu'elle venait au parc pour mieux se souvenir des moments qu'elle y passait ici avec lui.

Ce regard, elle le connaissait pourtant elle en était sûre! Soudain cela lui revint comme un flash! Sana ! C'était Sana, elle en était sûre! Elle ne portait pas de voile cette fois-ci, voilà pourquoi elle ne l'avait pas reconnue!

Vite, il lui fallait absolument parler avec elle! Cela faisait des mois qu'elle espérait la revoir.

Et cette lettre dans sa boîte! Que signifiait-elle? Qu'était devenu l'enfant qu'elle portait en elle il y a quelques mois ? Elle avait semblé avoir si peur l'autre fois! Elle avait tant de questions à lui poser!!

- Eh s'il-vous-plait! Madame attendez s'il-vous-plait! Je voudrai juste vous parler!

Eva lui emboita le pas. Sana s'était retournée soudain affolée. Elle essaya de la semer en accélérant son allure. Eva ne comprenait plus rien. Pourquoi la fuyait-elle donc? Elle désirait juste comprendre. Sana n'était plus enceinte, elle n'était plus voilée, elle semblait être devenue quelqu'un d'autre. Elle était venue seule au parc mais pour y faire quoi? Où était son enfant? Et son mari, ou celui qu'elle avait pris pour tel, la terrorisait-elle encore? Sana disparut très vite au coin d'une rue. Eva n'osa pas la courser plus longtemps. Elle ne savait pas si elle la reverrait un jour. Elle semblait avoir beaucoup changé depuis l'autre jour, très amaigrie et plus moderne. Elle semblait plus libre aussi, comme délivrée d'un certain poids. Mais elle paraissait surtout plus triste.

Lorsqu'elle rentra chez elle une heure plus tard environ, une autre lettre l'attendait!! Elle l'ouvrit frénétiquement mais avec une peur indescriptible de ce qu'elle pouvait encore y découvrir. La lettre disait tout simplement:" Vous plus jamais me suivre. Sinon vous et moi mourir!! Pas parler de cette lettre, la cacher ou la brûler!!!" Sana n'était donc pas la seule à être en danger?? Elle l'était aussi!!

Il n'y avait sur la lettre toujours aucun nom ni adresse bien sûr. Dans quelle histoire sordide s'était-elle encore embarquée?!...Cette femme était-elle vraiment en danger ou avait-elle juste peur de ce qu'Eva aurait pu découvrir? Découvrir quoi? Elle l'avait vu enceinte... Enceinte et apeurée...

Qu'était devenu son enfant? Un accident? Peu probable...Ou un drame? ...Un drame que Sana devait pressentir et qui pourrait expliquer alors pourquoi elle l'avait appelé à l'aide l'autre fois dans le parc? Mais l'avait-elle vraiment appelé à l'aide? Et si c'était le cas, alors pourquoi la menacer aujourd'hui ?...Cette fois, Eva prit peur car elle ne comprenait plus rien. Elle pensa enfin que cette femme était peut-être déséquilibrée, tout simplement. Elle ne pouvait pas garder tout cela pour elle seule, il fallait qu'elle en parle à quelqu'un. Elle en parlerait à Samy dès qu'il rentrerait. Elle se prépara quelque chose à manger, elle n'avait rien avalé au déjeuner et dès qu'elle angoissait lui prenait une envie irrésistible de manger quelque chose pour se calmer. C'en était presque boulimique. Elle se dit qu'elle avait beaucoup de chances d'avoir un métabolisme très actif car d'autres femmes seraient déjà devenues obèses à sa place tant ses envies irrésistibles de nourriture la prenaient souvent. Par chance, son travail d'enseignante lui permettait de se dépenser suffisamment pour compenser ses accès boulimiques! Pour une fois, Eva remercia en pensées ses élèves les plus difficiles de lui "tenir chaud" en classe comme ils disaient entre collègues!!

Elle posa son plateau-repas devant elle et alluma le poste de télévision pour ne plus penser à cette histoire insensée qui ne quittait plus ses pensées.

Comme souvent Eva zappa longtemps sur les innombrables chaînes avant de finalement être attirée par une édition spéciale de la chaîne infos: Ce qu'elle y entendit la laissa bouche-bée!

Eva fut incapable de porter quoi que ce soit de plus à sa bouche. Elle faillit même s'étouffer avec la part de pain tartiné dans laquelle elle venait de croquer. La police semblait avoir démantelé un vaste réseau de trafic de migrants! Des centaines de personnes semblaient impliquées: des femmes syriennes surtout. Elles auraient été contraintes de vendre leurs enfants à des pseudo-associations européennes qui se chargeaient de leur trouver des familles d'accueil, souvent des couples stériles en mal d'enfants. Tout cela en échange de papiers pour entrer en Europe et en France!

Eva crut avoir une syncope! Sana!! Elle en était sûre!! Sana avait dû être victime de ce réseau! Elle manqua de peu de se renverser de sa chaise!!

Lorsqu'au dîner Eva raconta à Samy son histoire depuis le début, celui-ci parut stupéfait:

- Tu as reçu des lettres de menace il y a de cela plusieurs mois et tu ne m'en as rien dit!!? Mais c'est une histoire qui relève de la police ma chérie enfin! On ne peut tout de même pas garder toute cette histoire de fous pour nous?!!

- Oui, je sais Samy, mais si cette fille avait raison? Si d'aller voir la police nous mettait en danger et elle avec nous??!!

- Mais si cette fille sait que tu as le moindre doute sur les terribles actes qu'elle a commis, surtout maintenant que toute l'histoire a été révélée aux médias, tu ne crois pas que cela suffit pour nous mettre en danger Eva?

- Tu as promis Samy! Tu as promis que si je te disais tout sur ce qui me préoccupait, tu ne tenterais rien sans mon accord! Tu as promis Samy!

- Mais il s'agit de notre sécurité Eva! As-tu perdu la tête!??? S'il t'arrive quelque chose je m'en voudrai trop de ne rien avoir tenté tu comprends?

Eva se sentit soudain prise au piège. Elle savait qu'il avait raison. Ils devaient en parler à la police.

Ils convinrent de s'y rendre à la première heure dès le lendemain.

- Et n'en parle à personne d'ici là ma chérie. On ne sait jamais, d'accord? Ni à ma mère ni à qui que ce soit de ta famille. Cela pourrait les mettre en danger eux aussi.

Eva s'en voulut terriblement. Elle avait agi avant même de réfléchir, comme souvent. Elle aurait dû deviner que Samy aurait pris cette décision! Elle allait trahir Sana!! La police allait certainement la retrouver, l'arrêter et l'expulser car Sana n'était sûrement pas entrée en France légalement!! Eva ne pût s'empêcher de réfléchir toute la nuit et ne pût s'endormir. Sana l'avait appelé à l'aide et elle l'air la trahir! Elle avait dû avoir peur après qu'elle l'ait coursée au parc d'où la lettre de menace mais elle était sûre que cette fille ne lui ferait pas de mal mais qu'elle était juste terrorisée! Sana qui s'était sûrement depuis, fait voler son enfant et qui ne le reverrait probablement plus jamais...Voilà qui devait expliquer pourquoi elle semblait si triste et perdue au parc le premier jour.

Pauvre Sana! Pauvres filles victimes de ce trafic horrible! Sana et elle avaient un point commun: elles avaient toutes les deux porté la vie mais leur destin avait décidé qu'elles ne les verraient pas grandir. Elle se dit alors que cela devait être pire encore d'être obligée de "vendre" son enfant pour obtenir sa propre liberté, pire que de le perdre dans une fausse couche! Elle ressentit alors la douleur violente quasi-insupportable que la pauvre Sana avait dû ressentir. Elle comprit alors toute l'horreur qu'elle avait décelée dans ses yeux l'autre jour au parc, alors qu'elle était encore enceinte. Tout prit alors du sens. Elle comprit également les paroles de l'homme, son "passeur" probablement, qui devait lui rappeler à l'aube de son accouchement quel horrible contrat elle avait été contrainte de signer pour passer en Europe. Un contrat que Sana ne semblait alors plus désirer du tout honorer, mais qu'elle avait dû être contrainte de respecter!

Comment Sana et toutes ces autres femmes pourraient-elle survivre avec ce sentiment terrible d'avoir "vendu" leur enfant au prix de leur propre liberté. Elles le porteraient toute leur vie comme un insoutenable fardeau! Sana, comme toutes ces autres pauvres filles, avait été doublement dupée: à la fois volée et brisée intérieurement, car c'était sûr, elle ne pourrait pas ressortir indemne d'un tel choix! A moins que...Que savait-elle de l'horreur que cette fille, que toutes ces filles, avaient dû endurer dans leurs pays en guerre, pour en arriver à être contraintes d'accepter de s'extirper de leurs pays au prix de leur propre enfant? Que savait-elle des douleurs endurées par ces femmes, de leur fardeau, des horreurs certainement inimaginables pour elle, qu'elles avaient dû subir, de leur passé, déjà si lourd pour des âges si peu avancés!

Eva se dit alors qu'elle leur devait justice. Il fallait qu'elle aide Sana, et peut être toutes ces femmes, à retrouver leurs enfants. Mais comment pourrait-elle bien agir seule?? Elle ne devait pas donner un bon descriptif de Sana à la police le lendemain, car elle ne devait pas la retrouver!

A son grand étonnement le lendemain matin, Samy avait changé d'avis. Il ne désirait plus aller tout révéler à la police! Il pensait qu'il ne fallait surtout pas qu'ils soient connus par ce réseau de trafiquants. Même si celui-ci avait été probablement en grande partie démantelé par la police, il restait peut être encore quelques membres libres qui pouvaient se venger de leur dénonciation et peut-être même de par cette fille, puisqu'elle connaissait leur adresse!

Samy pensait donc qu'ils risquaient plus encore si le réseau apprenait par les médias qu'ils avaient témoigné contre eux dans cette affaire de trafic d'enfants de migrants. Tout finissait par se savoir et par paraître à la une des journaux. Samy ne désirait donc nullement que leur nom soit édité dans le journal local ou pire à la une d'un quotidien national. Eva fut très soulagée et sourit à Samy. Elle lui dit qu'il avait raison, que tout comme lui elle ne désirait plus entendre parler de cette horrible histoire qui allait certainement cesser maintenant que ce trafic avait été dévoilé. Samy voulut enfin la rassurer:

- Je suis sûr que nous n'entendrons plus parler de cette femme ma chérie. Maintenant que les services d'ordre sont sur le coup, toutva aller très vite. Ces horribles trafiquants de femmes enceintes vont certainement tous fuir ou se faire tout petits maintenant. Et puis, peut-être n'est ce qu'une coïncidence ma chérie? Qui te dit que cette femme fait vraiment partie des pauvres femmes victimes de ce sordide réseau?

- Mais enfin Samy, ce serait une trop grosse coïncidence! ...Comment expliques-tu alors les lettres de menace? La peur que cette fille dégageait lorsqu'elle était encore enceinte au parc? Les menaces de cet homme sur elle? Elle m'a appelé à l'aide à travers sa première lettre Samy! Tu ne peux tout de même pas nier que l'histoire avec cette fille correspond très certainement avec ce trafic dont ils ont parlé aux infos!? ...

- Peut-être, oui... Mais peut-être pas. Nous ne le saurons jamais je pense Eva. Je t'en prie, maintenant sois raisonnable. Je te demande juste de cesser de penser à cette fille et de vouloir jouer les justicières! Promets-moi de ne plus courser qui que ce soit dans la rue! Promets-moi de laisser la police mener son enquête maintenant Eva!??? Sinon cette fois-ci tu pourras en être sûre, j'irai moi-même tout raconter à la police car cela sera allé trop loin et nous serons réellement en danger de toutes façons.

Eva promit à Samy de ne plus rien tenter qui les mette en danger et de ne plus essayer de joindre ou de s'approcher de Sana. Mais elle mentait évidemment.

Eva se dit intérieurement qu'elle mènerait dorénavant son enquête seule afin de ne pas alerter Samy. Elle se jura de retrouver Sana et de l'aider à récupérer son enfant! C'était comme si cet enfant était le sien dorénavant!

Pourquoi Eva était-elle autant obsédée par cette affaire, elle ne le savait pas. Était-ce au fond un désir égoïste qui naissait en elle? Le désir de sauver un enfant afin de mieux se pardonner de n'avoir pu enfanter elle-même?

Elle repensa à toutes ces tentatives de grossesses échouées. Toutes ces injections, tous ces rendez-vous, tous ces faux espoirs cultivés, ces joies et ces vies qui avaient commencées à grandir en elle. Et qu'il avait fallu lui retirer.... Elle avait porté tant d'embryons! Il avait fallu qu'on les lui retire car sa vie était en danger paraissait-il ou alors c'était parce que ses enfants n'étaient-il pas viables.

Elle en avait porté quelques-uns qui avaient pourtant tenu un plusieurs mois dans son ventre. Jusqu'à ce que les médecins lui affirment qu'il fallait stopper la grossesse. Jusqu'à cette hémorragie terrible qui avait failli l'emporter. Samy qui l'avait jusque-là soutenue dans sa lutte l'avait soudainement lâchée.

Elle l'avait senti moins proche et plus froid durant quelques temps. Leur espoir commun de fonder une famille et de chérir de nombreux enfants s'était alors évanoui à jamais. Samy n'avait jamais voulu entamer des procédures d'adoption. Il voulait un enfant issu de sa chair. Pour lui tout était fini. Ils avaient alors eu des chats. Il lui avait offert ses deux chats car il l'avait senti triste et déprimée. Pour qu'elle puisse compenser son désir irrépressible de materner et de protéger un être innocent.

Lui n'avait pas été si triste au final. Il avait juste changé. Il s'était refermé sur lui, telle une huître. Une partie de lui semblait s'être évaporée. Il était peut-être moins tendre aussi. Il ne parlait plus du tout d'enfant. Peut-être Samy lui en voulait-il malgré lui de ne pas avoir été capable de lui donner de descendant. Puis il avait compensé avec son travail. Il acceptait de plus en plus de missions, était de plus en plus absent. Il allait à des conférences au bout du monde où il l'emmenait rarement. Mais il ne manquait pas de lui rapporter de très jolis bijoux ou de magnifiques habits, comme pour se faire pardonner de ne pas l'emmener dans ses voyages lointains de plus en plus fréquents. Ses absences les rapprochaient parfois pourtant car Eva avait ressenti aussi depuis un plus grand désir de solitude. Un besoin de se retrouver. Elle adorait lire et se plonger dans les mondes imaginaires des écrivains qu'elles ne connaissaient pas mais qui la faisaient si bien voyager. Ses lectures lui procuraient tant de bien-être... Elle adorait également toujours autant se promener au parc. S'y perdre. Ah, le parc... L'image de Sana lui revint subitement aussi nettement que si elle l'avait en face d'elle!

Puis le téléphone sonna. Une sonnerie stridente qui l'extirpa de ses agréables rêveries.

Au bout du fil Eva reconnut la voix d'Emilie, son amie de toujours. Elle parlait vite, elle ne comprenait pas tout. Elle comprit juste que quelque chose était arrivé. Émilie était en larmes: "Il était là hier, et ce matin je trouve une lettre, il est parti, je ne sais pas où il est allé. Il m'a écrit qu'il était malheureux, qu'il ne supportait plus nos disputes! Il Et je ne peux même pas le joindre, Il ne me répond pas!

Ouf. Eva avait eu peur, mais elle était presque habituée dorénavant:

- Calme-toi Émilie, je suis sûre qu'Alan reviendra, comme toujours. Ça n'est pas la première fois, souviens-toi. Dans deux, trois jours au maximum je suis sûre qu'il reviendra. Tu le connais, il a juste eu besoin de se retrouver un peu seul. Cela arrive régulièrement lorsque trop de tension s'accumule entre vous je crois, non? glissa doucement Eva à son amie.

- Vous faites partie de ces couples qui ont parfois besoin de disputes pour repartir sur de bonnes bases, je l'ai lu dans "Psychologie" du mois dernier. C'est plus courant que tu ne le crois, rassure-toi Emilie!" Ajouta Eva en souriant légèrement pour dédramatiser la situation.

Eva savait toujours trouver les mots pour rassurer son amie. Émilie était la femme d'un collègue de Samy, Alan mais c'était surtout une amie d'enfance. C'est elle qui lui avait permis de rencontrer Alan par l'intermédiaire de Samy, elle se sentait alors un peu responsable de leur bonheur. Les deux amies se connaissaient aujourd'hui parfaitement, et se vouaient une tendresse et une amitié sincères, telles deux sœurs de cœur. Elles se confiaient souvent l'une à l'autre, dans les moments difficiles que traversaient leurs couples parfois. Les deux couples organisaient souvent des repas ensembles. Eva avait été très heureuse lorsqu'ils avaient eu leur premier enfant, même si cela avait été d'autant moins facile pour elle d'accepter de ne pas pouvoir en avoir elle-même. Puis de voir grandir Willy auprès de son amie lui avait permis de compenser un peu en lui permettant de donner un peu d'amour à Willy. Elle l'avait immédiatement adopté et Émilie en avait d'ailleurs fait sa marraine ce qui avait profondément émue Eva. Willy... Elle rêvait parfois qu'il était le sien lorsqu'elle le gardait. Elle laissait même parfois les personnes de son entourage le croire lorsqu'elle le promenait au parc. Mais maintenant qu'il était plus grand, Willy corrigeait les gens lorsqu'ils croyaient qu'elle était sa mère. Il le faisait brutalement sans savoir qu'en agissant ainsi il brisait à chaque fois le cœur d'Eva, en lui rappelant malgré lui qu'elle n'était "que" sa marraine et non sa mère. Non UNE mère tout simplement.Mais un jour Eva en était sûre, elle comprendrait pourquoi elle n'avait jamais pu avoir d'enfant, bien que personne dans sa famille n'ait jamais eu de problème de fertilité. Eva était persuadée que rien n'arrivait par hasard et que tout avait une raison, un sens, ou un but? ...Peut-être était-ce à cause de ces pesticides dans son alimentation? Il y en avait tant partout! ... Pourtant Eva prenait soin de manger équilibré et sain. Ou alors était-ce à cause de cette maudite pilule qu'elle avait prise si longtemps afin de poursuivre ses études? Ou bien était-ce à cause de ses kystes ovariens? Ou alors était-ce un signe envoyé à Eva par je ne sais quel dieu pour qu'elle se lance pleinement dans une activité dans laquelle elle excellerait? Le sport? Le piano? La peinture? La lecture? L'écriture?...

Mais d'ici là Eva se devait d'être courageuse. Courageuse et patiente. D'ici là Eva était reconnaissante envers la vie et ce qu'elle lui apportait tous les jours. C'était peut-être cela la sagesse...

Un soir d'automne après un été caniculaire, Eva entourée de ses deux chats Félix et Rouqui, prenait l'air frais sur la terrasse après une chaude journée.

Samy était en déplacement professionnel, comme souvent. Et étrangement il ne lui manquait pas. Au fond d'elle quelque chose la tracassait. Eva ne savait pas l'origine de ce malaise flottant mais elle était par contre persuadée, toujours pour une raison qui lui était inconnue, qu'elle allait bientôt être fixée. Pour se distraire de ce léger malaise, Eva était plongée dans un bon Dan Brown.

Elle aimait ces moments durant lesquels le temps s'allongeait sans fin, sans contrainte ni horaire. Pas de repas à préparer. Elle était seule avec ses chats qui ne demandaient rien d'autres que quelques caresses et quelques croquettes. Un sentiment profond de liberté et de plénitude l'envahissait alors.

La sonnerie du téléphone retentit soudain. Eva sursauta puis pesta contre l'appareil qui l'arrachait de ces moments de plénitude qu'elle appréciait tant. Elle voulut attendre un peu jusqu'à ce que les sonneries cessent, ce qui se produisit après 4 sonneries seulement.

La messagerie se déclencha alors automatiquement. Eva écouta d'une oreille lointaine les voix qui en provenaient tout en continuant sa lecture. Elle craint d'y reconnaître la voix de Louise, sa belle-mère.

Elle savait qu'elle aurait dû aller la voir en l'absence de Samy mais le cœur ne lui en avait point dit cette fois-ci, c'est pourquoi elle avait décidé de repousser sa visite au lendemain. Elle savait aussi que Georges tenait compagnie à Louise et donc que Louise ne lui en voudrait pas trop. Eva avait beau tendre l'oreille elle n'entendait toujours rien depuis la boîte d'enregistrement. Il lui semblait pourtant percevoir un souffle. Mais personne ne parlait. Comme si la personne au bout du fil attendait et hésitait. Eva trouvant cela étrange, se leva alors précipitamment et tenta de décrocher le combiné qui lui échappa des mains et tomba au sol. Eva pesta contre sa maladresse. Lorsqu'elle décrocha enfin après avoir attrapé l'appareil, la ligne coupa net. Eva resta figée, debout, immobile, espérant une nouvelle sonnerie. Après deux minutes, elle se dirigea alors vers la terrasse pour y poursuivre sa lecture. Lorsqu'elle franchit la porte vitrée, le téléphone sonna à nouveau, comme pour la narguer. Eva plongea cette fois carrément dessus et hurla de rage le souffle à moitié coupé mais n'en laissant rien paraître bien sûr. :

- Oui allo, j'écoute??!

Une voix monocorde de femme répondit comme si elle récitait:

- Moi, la dame du parc madame. Vous avez suivi moi. Mais trop dangereux, moi trop peur! Mais vous devez savoir madame! Votre mari faire des choses mauvaises. Vous aussi, trompée madame. Horrible choses faites à vous! Vous pouvez peut-être aider moi et beaucoup autres femmes! Alors s'il-vous-plait, ce soir minuit, rendez-vous au parking des dockers, mais seule madame, seule!! Sinon vous jamais savoir!!

Après 5 secondes de silence, Eva sortit enfin de sa tétanie et cria:

- Mais qui êtes-vous enfin?? De quoi me parlez-vous?? Vous êtes la dame du parc? C'est donc vous les lettres? ...

- Ce soir madame, vous venir ce soir et vous tout savoir. Bip bip bip....

C'était terminé. La femme avait raccroché!

Le cœur d'Eva battait la chamade! Elle n'eut même pas la force de réagir. Rouqui, qui devait avoir senti sa frayeur vint la sortir de sa torpeur en se frottant au bas de ses jambes. Le chat se retourna et regarda sa maitresse d'un air inquiet:

- Miaouw?... Ça va? semblait-t-il lui dire.

- Oui mon chat, ça va aller.

Eva caressa Rouqui, plus pour se rassurer elle-même que lui.

- Enfin je ne sais plus trop...j'espère!

Eva libéra de grosses larmes chaudes de ses paupières en fermant les yeux. C'est bien ce qu'elle pensait. Il se passait quelque chose!

Cette sensation étrange qui montait en elle depuis quelques temps était à son comble. Eva pressentait qu'elle allait devoir faire face à tous ces événements étranges, seule. Mais elle pressentait aussi qu'elle était près du but. Et bizarrement elle n'avait plus peur.

Il était 20h40. Eva se demandait ce qu'elle allait bien pouvoir faire pour s'occuper en attendant minuit! Les heures qu'elle avait devant elle allaient lui paraître une éternité! Mille et une questions l'assaillirent" que voulait dire Sana par "votre mari faire des choses mauvaises??
- De quoi me parlait donc cette femme?
Alors que toutes ces questions la harcelaient dans sa tête, la sonnerie du téléphone retentit à nouveau. Eva décrocha aussitôt et s'écria:
- Mais enfin vous ne pouvez pas me dire des choses pareilles et me raccrocher au nez, c'est insensé! Qui êtes-vous donc enfin et que me voulez-vous?!!- Eva?... Eva tout va bien? ...

C'était Samy!! Zut comment allait-elle faire pour ne pas l'affoler et pour rattraper les choses?? Il lui fallait absolument se rendre à ce rendez-vous!!

- Ah mon chéri, c'est toi!! Ce sont encore ces mauvais plaisantins, je crois. Un jeune gamin amateur du film « Scream », je pense!! dit-elle en se forçant à rire. Je voulais lui rabattre le caquet à ce sale môme et lui montrer que ne suis pas une froussarde! Comme tu m'as souvent conseillé de le faire mon chéri!"

- Ah, décidément encore ces sales gamins! Oui, oui, ne te laisse surtout pas impressionner par ces ados en mal de mauvaises plaisanteries! Les jeunes n'ont vraiment rien d'autre à faire de notre époque! As-tu noté leur numéro?

- Samy, ils sont jeunes mais tout de même pas aussi stupides! dit-elle en blaguant pour masquer son trouble.

- Bien, je vois que tu ne t'es en effet pas laissée impressionner, bravo! Mais si cela se reproduit, il faudra penser à changer de numéro Eva….Ca va aller ma chérie, tu es sure? Je te téléphonais en fait pour te dire que je rentre demain matin finalement. On a fini notre réunion plus tôt que prévu. Je rentre et je t'emmène à la mer, qu'en-penses-tu?? Trop envie de voir l'océan!! Et je sais que toi aussi tu adores la mer, surtout hors-saison!! Ça te dit ma chérie?

Samy parlait vite et semblait tout excité. Il avait raison. Eva adorait la mer, surtout en dehors des saisons touristiques. Mais cela ne lui ressemblait pas. Cela faisait en effet une éternité qu'il ne lui avait proposée une telle escapade! Ils disaient depuis quelques années que son dos ne supportait plus qu'il conduise huit heures dans un même week-end.

- Oui, oui, bien sûr Samy. C'est une très bonne idée! Je... Je suis surprise, mais ravie! Par

contre excuse-moi mon cœur, je vais te laisser car j'ai les cheveux trempés, je viens de me les laver et je suis en train d'inonder littéralement le salon!! Sois tout de même prudent au retour et fais un bon voyage mon cœur. A demain!
Eva avait pris une voix la plus naturelle et enjouée possible, puis elle avait raccroché.
Elle espérait avoir convaincu Samy sur les auteurs de l'appel téléphonique. Pourquoi Samy rentrait-il plus tôt le jour-même où on lui donnait un rendez-vous mystérieux? Cela ne lui ressemblait pas....Quoi qu'il en soit cela tombait mal, elle avait ce rendez-vous mystérieux qu'il l'attendait à minuit, et elle devait absolument s'y rendre. Elle ne ressentait aucune peur. Elle serait sûrement épuisée lorsque Samy rentrerait au matin mais tant pis. Elle dormirait dans la voiture. Elle prétexterait qu'elle a mal dormi. Cela lui arrivait si souvent.... A cause de ses mauvais rêves qui la poursuivaient encore...

Eva se rendit dit sur le lieu de rendez-vous en avance. Elle reconnaissait mal les lieux. De jour, tout était si assourdissant de bruit et d'activités que le parking lui semblait avoir été dévasté, comparable aux villes abandonnées autour de Tchernobyl suite à la catastrophe nucléaire. A force de bien observer les alentours et une fois ses yeux accoutumés à l'obscurité, Eva devina des formes d'engins divers, les moins lourds ayant été suspendus pour dissuader les voleurs. Eva entendit soudain du bruit derrière elle. Elle sentit une présence. Elle ne voyait pas nettement ce qui semblait s'agiter là tout près, car cela provenait d'un coin plus sombre du parking. De plus, la lune était voilée ce soir-là.

- Il y a quelqu'un? osa Eva timidement.

Elle était sûre que quelqu'un se tenait là, blotti dans un coin.... Elle s'approcha et dit d'une voix qui se voulait plus sûre:

- Je sais que vous êtes là, montrez-vous s'il vous plait! ... Sana? C'est vous? ...

Alors qu'elle s'avançait dans la direction du bruit, un chat bondit brusquement de l'obscurité en poussant un cri rauque. Eva poussa un cri malgré elle et trébucha. Elle se retrouva à terre. Son rendez-vous n'était pas là, elle s'en voulut d'être arrivée si tôt.

Minuit, toujours personne... Une heure du matin, toujours pas âme qui vive à l'horizon.

Le temps semblait s'être arrêté! Pourquoi diable son rendez-vous ne se montrait-il pas?

Eva attendit ainsi jusqu'à 1h30, en vain. Elle se décida alors à rebrousser chemin. Des larmes coulaient sur son visage malgré elle, elle avait eu plus peur qu'elle n'avait cru. Il lui semblait qu'elle avait été à deux doigts de comprendre l'origine de ses nombreuses et récentes interrogations, de ses interminables cauchemars et autres malaises grandissants dans sa vie.

Eva ne comprenait plus rien. Pourquoi ce rendez-vous manqué? Pourquoi Sana ne s'était-elle donc pas montrée? Elle avait pourtant semblé si déterminée au bout du fil! Peut-être avait-elle été empêchée dans ses plans...? Il lui était peut-être arrivé quelque chose de grave? ...

Lorsqu'Eva tourna la clé dans la porte de sa maison, elle se rendit compte que celle-ci n'était pas fermée. Elle poussa lentement la porte. Son domicile avait été retourné et tout avait été mis sens dessus-dessous!! Elle s'était faite avoir comme une débutante!

- Comment as-tu pu être si bête!! Si bête et si naïve!!!

On avait donné à Eva un faux rendez-vous afin qu'elle libère sa maison et que les cambrioleurs puissent agir en toute liberté!

Comment allait-elle pouvoir expliquer à Samy son absence chez elle ce soir-là? ... Elle prétexterait avoir pris ses somnifères et n'avoir rien entendu!! Parfois il est bon d'être insomniaque!Lorsque Samy rentra au matin, il appela immédiatement la police. Eva n'avait pas eu le courage de le faire seule. Elle lui expliqua qu'elle n'avait rien vu ni entendu à cause des somnifères. Samy était furieux.

C'était décidé, ils déménageraient dès que possible et vendraient cette maison! Samy et Eva s'étaient par contre entendus pour ne rien dire à la police ni des lettres anonymes, ni de Sana, de peur d'une possible vengeance par ceux qui les avaient déjà menacés. Samy allait faire appel à un détective privé et Eva ainsi que leur nouveau domicile seraient surveillés jour et nuit tant que cette affaire ne se serait pas tassée!!

Eva, Samy ainsi que leurs deux chats déménagèrent donc trois mois plus tard, loin du parc, dans un appartement situé dans une résidence sécurisée sur les hauteurs de la ville, bien loin du parc à la déception d'Eva qui n'osa rien dire à Samy de peur d'éveiller ses soupçons. Il fallait dire qu'elle avait elle-même eu très peur et qu'elle était maintenant quasi-persuadée qu'elle ne reverrait plus Sana. Le gang de trafiquants avaient dû probablement éliminer la pauvre fille, ou lui réserver un triste sort, ce qui expliquait qu'elle n'ait pu se rendre à leur rendez-vous.

Ainsi, de longs mois s'écoulèrent tranquillement sans qu'Eva ni Samy n'eurent de nouvelles de cette histoire troublante de femmes migrantes. Les cauchemars d'Eva l'avaient cependant relancés de plus belle. Elle se faisait pourtant suivre par une psychologue renommée recommandée par Samy. Le fait de parler de cette histoire à quelqu'un de neutre lui faisait du bien. Mais Eva ne disait jamais tout. Elle gardait toujours en elle une certaine méfiance vis-à-vis de tous sur cette affaire, toujours pour une raison qui lui était mystérieuse. Comme si une partie de sa propre vie lui échappait depuis longtemps, une partie énigmatique qui lui fallait résoudre seule. Eva ne savait pas que cela ne tarderait pas.

Un jour que Samy tardait à rentrer du travail, lassée de l'attendre, elle décida de lui faire une surprise. Elle se rendit pour la première fois à sa clinique. " La clinique des Lilas"! Elle en avait entendue parler si souvent et de façon dithyrambique par Samy et par nombreux de ses collègues et clients ravis de ses interventions! Mais elle se rendit compte qu'en 20 ans de vie commune, elle n'avait jamais été invitée ou même tentée de s'y rendre...!

Qu'à cela ne tienne elle ferait d'une pierre deux coups: une surprise à Samy et une visite de la clinique des Lilas si réputée!! Lorsqu'elle s'approcha du quartier de la clinique, Eva vit un bâtiment magnifique muni de nombreuses baies vitrées. Elle avait encore par chance dans sa voiture le Bip de la clinique laissé par Samy lors de la dernière panne de sa Mercédès! Il en avait demandé un autre depuis à la loge de la clinique, mais il avait oublié de lui reprendre celui-ci qui était encore par chance dans sa boite à gants. Eva put donc assez tranquillement organiser cette visite-surprise à Samy !

Comme par miracle, le portail du garage de la clinique s'ouvrit dès qu'Eva pressa sur le bouton central. Il était déjà tard. Le garage était quasi-vide. Elle aperçut cependant la Mercédès bleue de Samy. Son mari était donc encore au travail le jour de leur anniversaire de mariage!! Eva avait une bonne excuse cette fois pour venir le déranger, c'en était trop, il se devait de rentrer immédiatement!

Le travail de Samy prenait trop de place dans leur vie de couple, Samy devait comprendre sa visite comme un message dans ce sens. Un autre jour, Samy aurait pu se fâcher contre cette insertion imprévue dans sa vie professionnelle, mais le jour de leur anniversaire de mariage Eva était rassurée, il ne pourrait que s'excuser de d'être fait attendre si longtemps. Eva avait préparé le repas et la soirée de longues dates: elle s'était faite belle, avait mis la robe rouge que Samy adorait, commandé un plateau de fruits de mer, était allée acheter de bons vins chez Alain, leur caviste préféré. Eva avait également préparé un bon poulet à la basquaise. Bref, elle s'était si bien organisée qu'elle avait même fini en avance. Cette idée de surprise lui plaisait décidément beaucoup, cela faisait bien longtemps qu'elle n'avait eu envie de surprendre Samy! Elle lut dans l'ascenseur que les bureaux se trouvaient au 3ème étage, les salles de laboratoire au second, les salles de réunion au premier.

Eva décida d'aller visiter les laboratoires, cela lui rappellerait ses années de recherche qu'elle avait tant appréciées.

Elle ne voulut pas voir l'animalerie, les yeux apeurés des rats ou des souris sur lesquels elle avait dû travailler tant d'années la hantaient encore assez ainsi ! L'enseignement au moins ne nécessitait le sacrifice d'aucune bête innocente!

Elle entra donc dans un premier laboratoire vide.... Les paillasses étaient brillantes et nettes, tout le matériel était bien rangé à sa place. Elle reconnut les portoirs rotatifs bleus des micropipettes et une certaine nostalgie l'envahit. Ses sept années de recherche l'avaient décidément beaucoup marquée. Eva prit une micropipette dans sa main et s'amusait à faire tourner la vis de la plus grosse d'entre elle. Les graduations défilèrent sous ses yeux: 015, 012, ce qui signifiait 150, 200 microlitres. Elle n'avait pas tout oublié!! Alors que ces pensées traversaient son esprit, un bruit étrange attira son regard vers le centre de la pièce. Le bruit semblait provenir d'une seconde pièce vitrée opaque placée au centre du laboratoire. La curiosité fut trop forte: Eva poussa la porte d'entrée de cette seconde pièce sur laquelle était pourtant placardée une affiche qui stipulait: «Salle strictement réservée au personnel agréé ». Une fois la lourde porte poussée, Eva entendit nettement de nombreux bruits de bulles de gaz libérées dans un liquide. Elle s'en approcha sans éclairer, ce qui accentua encore un peu sa peur. Cinq « aquariums » étaient alignés sur la paillasse centrale desquels sortaient de nombreux tuyaux annotés "O2", "CO2", "nutriments ».

- Des cultures cellulaires immergées!?? pensa Eva. En effet, Eva savait que Samy travaillait sur des cultures cellulaires de neurones de rats, mais elle ne savait pas que ces cultures pouvaient être immergées …

Lorsqu'elle s'approcha encore, elle aperçut des formes embryonnaires étranges...

- Des fœtus de rats?...dans leur liquide amniotique peut-être ?..." s'interrogea encore Eva... Non!! Ce n'était pas des rats. C'était des embryons humains! Humains!! "Mon Dieu quelle horreur!" lâcha Eva. Au moment où elle laissa échapper ces mots, un bruit sec retentit derrière elle et la lumière l'aveugla! Elle n'eut pas le temps de se retourner: un grand trou noir l'envahit. Eva tomba au sol, inanimée.

Lorsqu'elle reprit connaissance Eva se réveilla avec une douleur terrible à l'arrière du crâne. Elle ne pût s'empêcher d'y porter la main. L'arrière de son crâne avait saigné et une large croûte avait commencé à sécher.

Eva balaya rapidement du regard autour d'elle: elle se trouvait dans une espèce de cave humide, assise à même le sol sur une couche crasseuse. Un bol tout aussi crasseux rempli d'eau marécageuse avait été disposé dans le coin du lit au sol. Des barreaux lui faisaient face! Elle était prisonnière!! Au moment où elle fixait les barreaux rouillés en face d'elle elle se rendit compte qu'une même jumelle de la sienne, avec la même couche au sol et le même bol écœurants, lui faisait face. Elle crut une seconde, faire face à un miroir, mais ce n'était pas elle qui était assise sur le matelas en face!! Sana, encore elle!! Elle était plantée là, devant elle, le regard désolé...

- Moi désolée madame. Moi vouloir prévenir vous. Mais vous pas assez prudente! Votre mari très méchant madame! Vous maintenant ici, comme moi, en prison!! Tout fini maintenant, terminé! Lui tuer nous! Nous trop savoir de choses! Trop dangereux pour lui garder nous vivantes"...Sana déblatéra littéralement ces mots en pleurant, en se prenant la tête entre ses mains.

Les événements revenaient peu à peu à la mémoire d'Eva: Son anniversaire de mariage, sa visite surprise à la clinique, les embryons humains!! Et puis plus rien! On avait dû l'assommer! Samy ? Samy était donc mêlé à tout cela? Samy, un trafiquant d'embryon?!!
 Son propre mari??

Elle n'avait rien vu, rien compris! Elle comprenait maintenant pourquoi Samy était si peu présent et si distant depuis quelques années, pourquoi il avait réagi si violemment lorsqu'elle lui avait parlé des lettres anonymes qu'elle recevait! Et aussi pourquoi il n'avait finalement pas alerté la police!! Sana avait tenté plusieurs fois de l'avertir. Elle avait dû finalement se faire piéger par Samy, juste avant leur rendez-vous, d'où son absence au parking des Dockers. Elles étaient maintenant toutes les 2 prisonnières! Qui pourrait les sortir d'ici? Qu'est-ce qui allait leur arriver??

Eva comprit pourquoi elle avait été surveillée de si près depuis de nombreuses semaines. Samy avait dû préférer la faire surveiller pour être sûr qu'elle ne reprendrait pas contact avec Sana ou qu'elle n'essaierait pas d'aller voir la police. Eva avait pourtant pu sortir facilement le soir de leur anniversaire de mariage pourtant! La garde devait être moins vigilante le soir, et il est vrai que passé 19h, Eva ne sortait jamais seule.

De nombreuses questions affluèrent dans sa tête: Qui avait mis sans dessus-dessous son appartement lors du fameux rendez-vous raté? Sana avait dû être fait prisonnière ce soir-là par Samy bien sûr, elle devait avoir été mise sur écoute depuis quelque temps! Cela expliquait aussi pourquoi Samy avait téléphoné ce soir-là pour rentrer plus tôt !! Il n'était d'ailleurs sûrement pas en voyage ni en déplacement. Samy se méfiait d'elle depuis le début! Elle avait été si naïve! Si naïve et si aveugle! Elle qui avait tenté de si nombreuses fois d'avoir un enfant avec ce monstre!! ?...

Eva ressentit soudain un flot d'adrénaline lui arriver dans le sang! Mais oui bien sûr! Tout s'enchaînait si parfaitement dans sa tête, toutes les pièces du puzzle qu'elle tentait malgré elle de construire dans sa tête depuis de si nombreuses années, s'emboitaient dorénavant parfaitement dans son esprit! Samy était un chercheur fou! Il lui parlait souvent de l'homme parfait, de l'éternité qu'il espérait atteindre un jour! Il disait que c'était un vrai gâchis d'apprendre tant de choses dans la vie si c'était pour mourir un jour! Il disait qu'il aurait voulu connaître les grands de ce Monde: Léonard de Vinci, Mozart, Pasteur, etc...

Il disait souvent cela en plaisantant. Mais à bien y songer, Eva se rendit compte que ce genre de propos Samy ne les tenait que lorsque l'alcool déliait sa langue et levait ses inhibitions. Il ne travaillait pas uniquement sur la mort neuronale programmée des neurones hippocampiques rats, il avait également élaboré des plans de recherche monstrueux sur l'homme également! Son propre mari était un monstre!! Eva pleura à chaudes larmes durant de nombreuses minutes. Sana la regardait sans rien dire d'un air attristé et résigné.

Un bruit claquant de serrure résonna dans la cave. Samy apparut, accompagné d'une belle blonde et d'un homme trapu et baraqué, qui semblait sorti d'un « Comics » américain!
- Oh mon Dieu Samy! Ne me dis pas que tu

vivais depuis si longtemps avec cette épave!??"... lança ironiquement la blondasse.

- C'est bon, lui rétorqua Samy, tu es contente, tu l'as vue maintenant? ...

- Oui, très contente mon amour.

La femme décolorée tourna aussitôt les talons. Elle embrassa voluptueusement Samy au passage, puis elle lança un dernier regard à la fois provocateur et dégoûté à Eva, avant de disparaitre.

- Qui est cette fille Samy? Qu'est-ce qu'on fait ici Sana et moi??!! Que vas-tu faire de nous Samy? Quel monstre es-tu donc bon sang!!? Durant toutes ces années tu m'avais donc menti!?? Comment as-tu pu? ... C'est toi qui es à la base de ces recherches monstrueuses sur des embryons humains? ... Samy?!!... Samy, mais enfin réponds-moi donc!!!

Samy regardait Eva d'un air à la fois désolé et déterminé.

-Oui, oui Eva. Je ne suis pas l'homme parfait que tu croyais que j'étais. Mais toutes ces recherches te dépassent. Tu n'aurais jamais pu comprendre. Un jour, je trouverai le moyen de rendre les gens plus résistants, plus doués pour tel ou tel art, pour tel ou tel métier. On aura à nouveau des Mozart, des Beethoven grâce à moi! De nouveaux Jules Vernes, de nouveaux Victor Hugo! Des Marie Curie, des Pasteur! Tu n'as pas idée de l'état d'avancée de mes recherches Eva! Une vraie révolution humaine s'annonce grâce à moi!

Eva ne reconnaissait plus Samy. Il parlait d'une voix monocorde, Il semblait hanté et surexcité par ses propos. Il regardait Eva sans vraiment la voir. Non, décidément Eva n'avait jamais vraiment connu celui avec qui elle avait vécu plus de 20 ans!!

- Mais Samy, es-tu devenu complètement fou?!!" ne put-elle s'empêcher de crier.

- Ah, Parce que tu crois que j'allais me contenter des petits budgets que daignait bien me verser le ministère, et devenir un chercheur minable avec des moyens minables?! Voilà ce qu'ils ont voulu faire de moi! Mais Samy Stona a toujours eu de la corde à son arc et ne se résigne jamais! Samy Stona ! Eva retiens-bien ce nom! Bientôt, tu le verras partout à la une des journaux et des plus grandes revues scientifiques: 'Science' et 'Nature' n'ont qu'à bien se tenir! Ha, ha! Je suis presque arrivé au bout de mes recherches Eva! Et tu as une chance immense car je vais te laisser vivre assez longtemps pour que tu puisses voir ça! Tu y as en partie participé toi aussi, donc je te le dois un peu! Tu as donné de ta propre personne si on peut dire, dit-il ironiquement. Et je te laisse même de la compagnie regarde!

L'homme trapu ouvrit une cage et en sortit les deux chats d'Eva qu'il jeta sans ménagement dans sa cage.

- Voilà ! Comme ça, je n'aurai pas à m'en occuper de tes maudits chats! Et sache que si tu tentes quoi que ce soit contre moi ou mes projets, c'est à eux que je m'en prendrai en premier et devant tes propres yeux. Si tu ne tentes rien par contre, tu seras traitée correctement jusqu'à la fin, je te le promets.

Eva ramassa ses deux chats apeurés et les caressa en les blottissant contre elle. Elle sentit au plus profond d'elle-même que Samy était capable du pire. Elle se donna le temps de réfléchir et ne répondit plus rien à Samy qui ressortit aussitôt de la pièce, suivi de son acolyte sur-musclé. "Par contre, profite bien de ta "Sana" car elle risque bien de ne pas avoir ta chance!" lui cria-il en disparaissant.

L'horreur! L'horreur à l'état pur. Voilà ce dans quoi elle était tombée!! Et Sana serait apparemment la première à en mesurer l'effet. Sana s'était à son tour effondrée en larmes dans sa cellule. Elle avait dû comprendre les mots de Samy la concernant.

Eva se sentit tout à coup responsable du sort terrible de tous: Sana, ses deux adorables et innocents chats qui étaient toujours blottis contre elle, comme pour se rassurer. Sa présence les réconfortait apparemment car Eva ressentit une force intérieure, absurde étant donnée la situation impossible dans laquelle elle se trouvait !

Comment pouvait-elle pouvoir imaginer sortir vivante de cette prison!!? En fait, elle se rendit compte que ses chats lui donnaient plus de force qu'elle n'aurait cru.

Eva tenta de rester calme et d'ordonner ses idées. Samy lui avait dit vouloir l'épargner jusqu'à ce qu'il parvienne à devenir célèbre, c'est-à-dire jusqu'à ce qu'il soit parvenu à concrétiser ses projets de savants fou. Il fallait qu'elle en sache un peu plus sur ses recherches!! Il fallait qu'elle le questionne, qu'elle lui fasse croire qu'elle admirait ce à quoi il était parvenu, afin de gagner du temps et surtout pour savoir pour combien de temps elle et Sana avaient devant elle.

Elle se repassa en tête en boucle ses derniers échanges avec Samy. Il avait prononcé certaines paroles qu'elle ne comprenait pas. Pourquoi Samy lui avait-il donc dit qu'elle avait "en partie" contribué à son projet fou? En quoi était-elle mêlée à toute cette histoire? Il avait dit qu'elle avait donné de sa propre personne, était-ce bien cela?

Eva regarda Sana qui avait enfoui sa tête dans ses bras repliés sur ses genoux. Sana parlait à voix basse, certainement à un être cher, espérant peut-être que quelqu'un quelque part entendrait par miracle ses prières.

-Sana! ...Sana, dis-moi, qu'est-ce que tu sais des recherches et des projets de mon mari, qu'a-t-il fait exactement ? Pourquoi a-t-il dit que j'étais mêlée à cette histoire horrible? Et qu'est-il arrivé à ton enfant, Sana ?...

Eva voulait savoir tout ce que Sana connaissait de cette histoire avant que Samy ne décide de l'éliminer. Sana la regardait d'air regard vide et désespéré.

-Trop tard madame, trop tard. Vous et moi mourir maintenant. Ma faute madame, tout ma faute pardon, pardon!! Sans moi vous pas là madame. Vous sauvée!!

-Sana s'il-te-plait non! Rien n'est de ta faute! Tu as juste essayé de retrouver ton enfant et de m'appeler à l'aide, c'est tout. Mais Sana, comment pouvais- tu être si sûre que je n'étais pas moi-même complice des recherches horribles de mon mari? Tu as pris des risques énormes! Pourquoi ??

- Madame, non pas possible. Moi savoir madame, savoir pour bébé pris à vous madame. Votre mari utiliser vous, votre ventre, mon ventre aussi pour ses recherches!! Les ventres de beaucoup d'autres femmes!! Madame... Désolée madame.

Eva se figea. Elle comprit enfin tout ce qui était arrivé. Elle comprit pourquoi malgré toutes ses tentatives, elle n'avait jamais réussi à enfanter. Elle avait en effet participé malgré elle aux projets machiavéliques de son mari. Mais elle en était victime!! Les multiples embryons qu'elle avait portés lui avaient été retirés non pas parce qu'ils n'étaient pas viables, mais parce qu'ils avaient certainement servi de cobayes à Samy !! Certains d'entre eux étaient d'ailleurs peut être encore vivants dans le laboratoire qu'elle avait visité! Peut-être même que l'embryon qu'elle avait vu immergé était le sien!!! Les siens ou également ceux de Sana ou d'autres pauvres femmes!! Elle avait été dupée, trompée, torturée jusque dans sa chair, depuis le début!

....

Mais comment Samy allait-il pouvoir la maintenir enfermée dans cette cave sans éveiller les soupçons autour de lui? Il lui fallait expliquer son absence prolongée à sa mère, à sa sœur, à sa belle-sœur??...A moins que Samy ne décide de les éliminer eux aussi? Non, c'était trop risqué! Il n'aurait alors pas pu poursuivre ses recherches. Mais ils allaient sûrement lui poser des questions et même demander à la voir. Et si Samy inventait un mensonge quelconque à son sujet.... Il pouvait faire croire à une disparition, à un enlèvement...l'accident était peu probable car il aurait dû remplacer son corps par celui d'une autre et sa famille aurait dû la reconnaître. A moins qu'ils ne la retrouvent calcinée ... Si Samy avait de nombreuses "immigrées" sous la main, il lui serait alors facile de faire croire, en tant que médecin, qu'il s'agissait bien de son corps à elle et non de celui d'une autre. Glisser une de ses bagues à un doigt par exemple... Samy devait certainement avoir élaboré un plan bien ficelé pour expliquer sa disparition, elle en était sûre, mais lequel?

Eva en était à ce point dans ses pensées quand elle se rendit compte que Félix qui ronronnait sur ses genoux depuis de nombreuses minutes avait disparu. Rouqui également!

- Mes chats? ... Ou êtes-vous passés??

Elle perçut un couinement faible mais très aigu. Une souris? Un rat? Ses deux chats avaient dû partir à la chasse.

Elle tourna son regard dans un coin de la cave. Rouqui et Félix pouvaient donc aller et venir en dehors de sa cage!! Les barreaux de sa cellule n'étaient pas assez rapprochés. Samy qui ne s'intéressait pas vraiment aux chats avait dû oublier que les chats sont très souples ! Les deux chats s'étaient rendus dans le coin le plus sombre de la prison.

Eva n'y percevait rien clairement. Elle tenta vainement de les appeler, tout ce qu'elle entendit était un couinement déchirant de petit rongeur. Ses deux chats avaient dû parvenir à piéger la pauvre bête, ils étaient peut-être déjà en train de la déchiqueter vivante. Elle continua à les appeler pour tenter de sauver le pauvre animal, qui semblait endurer de terribles souffrances. Mais elle savait ses chats tenaces et d'une extrême froideur face à leurs proies. Elle espéra même que Samy serait moins cruel avec elle. Eva cacha la lumière ambiante de ses deux mains rabattues en œillères de chaque côté de son visage. Ainsi, ses yeux parvinrent-ils à distinguer après quelques secondes d'acclimatation à l'obscurité, les contours des formes de ses deux chats: ils avaient le ventre à terre, et tous les deux jouaient avec une souris calée sous une de leur patte avant.

Ils se faisaient tous les deux faces et flairaient, mordillaient et léchaient à intervalles réguliers leur proie respective, qui semblait leur demander clémence à l'aide de cris stridents, après chaque coup de langue des deux félins.

Eva eut pitié des souris et tenta d'attirer l'attention des chats en lançant dans leur direction un bout de pain sec qu'elle trouva au sol. Rouqui qui vit le premier le morceau lui arriver dessus, prit peur et détala vexé, ce qui permit à la souris de se libérer. Celle-ci ne demanda pas son reste et se faufila dans un trou du mur. Rouqui en voyant sa proie lui échapper si vite revint en arrière, mais, ne pouvant atteindre la souris qui restait inaccessible, celui-ci se mit à gratter, à gratter de rage !! Jusqu'à réaliser en moins de temps qu'il n'en faut pour le dire, un assez large trou à travers lequel il put se faufiler presque entièrement!

Rouqui disparut même à la grande surprise d'Eva, ainsi qu'à celle de Félix qui, intrigué, le suivit dans ce tunnel improvisé! Eva avait perdu ses deux chats à cause ou plutôt grâce à une histoire de souris! Eux au moins étaient sauvés pensa-t-elle, chassant de son esprit ses premières pensées égoïstes qui lui faisaient déjà regretter la présence de ces petites boules de poils si rassurantes.

-Vous voilà libres mes chats! Puissiez-vous avoir une belle fin de vie" pensa-t-elle tristement.

-Si seulement je pouvais être aussi fine qu'un chat et me glisser moi aussi dans ce tunnel! lâcha-t-elle à haute voix sans s'en rendre compte.

- Désolée et triste pour tes chats madame ... lui répondit Sana.

- Merci Sana... Merci.

Eva pensa que cette attention en sa faveur était d'autant plus touchante que le sort des deux femmes était dans une bien mauvaise posture.

- C'est vraiment très gentil à vous, ajouta Eva, en ne retenant plus ses larmes qui coulèrent alors généreusement sur ses jours.

- Il valait mieux pour eux qu'ils se sauvent étant donnée la situation! Bien qu'en ma présence, mes chats ont flairé le danger. Ils ont dû ressentir ma peur. Les animaux perçoivent bien plus de choses qu'on ne le pense. Une bien drôle de discussion que voilà étant donnée notre situation n'est-ce pas Sana!?... fit-t-elle, se forçant à sourire.

- On va s'en sortir Sana. On doit garder espoir d'accord? Il le faut. Il va falloir qu'on trouve un moyen de sortir d'ici!

- Mon nom Samia madame. Samia, pas Sana. Mais bien sûr!! Sana n'avait été qu'un nom inventé par Eva. Elle avait voulu donner un nom à cette femme qui avait pénétré dans sa vie en la bouleversant de façon si surprenante!

-Samia. Oui pardon, bien sûr. Enchantée Samia. Moi, c'est Eva." Eva trouva plutôt troublant qu'elle lui ait attribué un nom si proche du sien...

Au moment où elle prononçait ses mots dans sa tête, le miaulement interrogatif de Rouqui raisonna à nouveau. Eva et Sana levèrent la tête, mais seule Eva put apercevoir la bouche d'aération qui se trouvait au-dessus de la cellule de Sana et qui devait sûrement mener vers l'extérieur.

- Va! Va, mon chat! Et ne reviens pas! Tu es libre! Va, allez!!"

Rouqui regarda sa maitresse hésitant, puis il continua vers le fond de la bouche qui devait être profonde car aucune lumière n'en ressortait. Eva espéra bêtement que Rouqui allait appeler du secours et expliquer où elle et Sana étaient tenues prisonnières.

- Si seulement cela pouvait être comme dans les films" pensa Eva en soupirant. « J'espère surtout que cette bouche mène bien vers l'extérieur et qu'elle n'est pas obstruée ».

Durant plusieurs jours, les deux prisonnières ne virent que le gros malabar bourru qui avait accompagné Samy lors de sa visite. Eva tenta bien d'obtenir des informations de sa part sur le lieu de leur détention lorsqu'il venait leur apporter à manger à Samia et à elle, mais l'homme avait fini par perdre patience et lui avait réduit sa ration journalière jusqu'à ce qu'elle arrête de le harceler de questions.

Cela faisait 10 jours que Samia et Eva étaient détenues, et elles n'avaient toutes deux toujours aucune nouvelle ni de Samy ni de personne. Les deux femmes commençaient peu à peu à se faire à leur situation de détenues et la peur avait peu à peu laissé place aux questions. Pourquoi Samy les retenaient-elles si longtemps? ...

Durant ces dix jours, la disparition d'Eva inquiéta en effet Laura sa sœur, ainsi que Louise sa mère, et sa sœur, mais Samy avait établi un plan. Il avait dit à Laura et à tous ceux qui la connaissaient comme sa propre mère, qu'Eva était partie profiter de l'air frais de leur maison de campagne. Eva avait en effet souvent eu besoin de ce genre d'escapade en solitaire, Samy étant souvent débordé de travail. Cela n'inquiéta donc pas plus que cela ses proches. Eva devait revenir dans deux jours. Ce qu'elle ne fit jamais évidemment puisque lors de son retour un terrible accident survint, calcinant littéralement sa belle Audi. L'enterrement d'Eva fut réalisé en toute simplicité et en comité restreint. Son identité fut facile à établir par un ami médecin de Samy, étant donnés les nombreux bijoux d'Eva que la conductrice portait sur elle et les os des deux chats retrouvés dans sa voiture. Samy avait tout prévu, jusque dans les moindres détails...enfin presque.

Un dimanche soir alors que Samy venait de rendre visite à sa mère et à son inséparable Georges, le couple sirotait une tisane sur la terrasse.
- Quel malheur tout de même Georges. Cette pauvre Eva, finir dans un fossé! Elle était si généreuse! Je me souviens de nos balades au parc ou en ville. Nous étions si complices elle et moi! avoua-t-elle tristement.
- Oui, je l'aimais bien aussi. Elle avait quelque chose de naturel et de fragile à la fois qui la rendait attachante. Les meilleures personnes s'en vont en premier c'est bien connu malheureusement ma chère Louise, lui répondit Georges.
-Oui, mais de là à la remplacer si vite par cette pimbêche écervelée tout de même, quel gâchis!"
En effet, Samy avait désiré présenter à sa mère ce soir là, Jennifer, sa nouvelle compagne, "qui lui redonnait enfin le goût de vivre" disait-il.

Louise avait laissé échapper cette confidence un peu vite, car elle n'aimait généralement pas parler en mal des gens qui étaient absents et qui ne lui avaient pas fait de mal. Mais elle trouva le goût de son fils pour cette femme si mauvais qu'elle n'avait pu s'empêcher de l'avouer à sa grande surprise.

A ce moment-là Georges perçu des bruits dans une des haies bordant la terrasse. Il se retourna puis Louise perçut également de petits froissements de feuilles. Georges et Louise s'arrêtèrent net de discuter.

- J'espère qu'il n'y a pas de rats dans cette haie! cria **Louise** effrayée. Il ne manquerait plus que cela! Je crois que je devrai prendre des chats tiens, ils les chasseraient et les tiendraient éloignés à coup sûr!

A ce moment précis surgit du buisson... un chat!

- Eh bien ! Le voilà, ton chat tueur de rats" lança Georges en riant. "Les désirs de madame sont exaucés! Faites vos vœux! Désirez-vous autre chose ma chère amie?

Les deux amis éclatèrent en même temps de rire tant ils étaient pris de court par cet invité surprise qui tombait du ciel et si "à pic" dans leur conversation. Louise aimait les chats. Elle se pencha donc tout naturellement vers celui-ci qui ne semblait pas du tout effarouché.

- Et alors mon beau matou? D'où nous viens-tu donc toi dis-moi? Le chat lui répondit en roucoulant presque.

- Regardez Georges, il est si maigre! Il a les pattes toutes noires! Mais... Georges!? Regardez bien! On dirait bien Rouqui le chat d'Eva! Cette tâche noire sur le nez! Sa bague blanche au bout de la queue!

- Enfin non Louise. C'est impossible vous le savez bien. Eva est morte avec ses deux chats dans sa voiture. Mais oui je dois avouer que celui-ci lui ressemble beaucoup.

Louise était pourtant formelle. Ce chat était bien Rouqui! Pour preuve il se dirigea tout droit vers le lieu où elle avait rangé les croquettes pour chat la dernière fois qu'elle avait dû garder les animaux de Samy!! Comment était-ce possible??

Lorsque Louise apprit à Samy qu'un chat avait surgi chez elle et que ce chat, certes très amaigri ressemblait comme deux gouttes d'eau à Rouqui, le chat d'Eva, le sang de Samy ne fit qu'un tour! Les chats s'étaient sauvés de la cave et Steve ne lui en avait rien dit!! Ce Steve allait passer un sale quart d'heure, c'était certain!! Et il d'en voulait aussi de ne pas les avoir éliminés. Mais il connaissait sa femme et il savait qu'elle aurait été bien plus maniable et raisonnable en sachant ses deux "amours de chats " (comme elle les appelait elle-même) en sécurité.

Samy qui avait toujours su comment convaincre sa mère n'eut guère de mal à lui expliquer que deux chats d'un même quartier peuvent très bien se ressembler fortement. En effet, sachant que Louise habitait encore dans leur ancien quartier en contrebas de la ville, il était fort probable que la mère et/ ou le père de Rouqui et Félix avaient à nouveau pu avoir d'autres portées de chatons ressemblant à ces deux chat. De plus avait-il ajouté, les chats (*qu'il connaissait mieux que Louise qui n'en avait jamais vraiment eus*), sentent les croquettes à de longues distances, ce qui avait pu expliquer que le sosie de Rouqui ait flairé le lieu où elle les rangeait. Enfin, comme pour mettre un point final à sa démonstration Samy avait précisé que Louise ayant toujours eu un faible pour ces boules de poils, ce chat avait du très vite comprendre qu'il pouvait entrer chez sa mère sans être effrayé.

- Rappelle-toi avec quelle facilité tu avais pu approcher et caresser Rouqui la première fois chez nous! Lui qui était si craintif!

Louise dut en effet admettre que Samy avait raison.

- Oui tu dois avoir raison, excuse-moi lui avait alors rétorqué Louise qui avait bien senti Samy mal à l'aise qu'elle puisse ainsi reparler de ces "moments difficiles ».

- Comment peux-tu ainsi remettre en doute la conclusion qui a très logiquement été établie lors de l'enquête par la police concernant la mort d'Eva ? lui avait finalement répondu son fils, comme pour clore définitivement cette histoire.

Louise n'osa donc par la suite évidemment pas avouer à son fils que les croquettes n'étaient plus dans leur ancien placard depuis fort longtemps.

Aussi, lorsque 6 jours plus tard un autre chat, sosie amaigri lui aussi et même malade, de Félix, le second chat d'Eva, débarqua également chez Louise, celle-ci fila droit à la police pour partager ses doutes sans en toucher mot ni à son fils, qui lui aurait encore reproché de vouloir lui faire du mal, ni à Georges qui était capable de lui avancer qu'elle perdait les pédales avec ces histoires de chats revenants si longtemps après l'enterrement d'Eva!

Louise avait pourtant toute sa tête et encore son instinct intacte de femme, l'avenir le prouverait peut être, se dit elle !! Une coïncidence oui, deux non! Elle n'y croyait absolument plus. D'ailleurs, depuis quelques temps elle ne reconnaissait plus Samy qui s'était éloigné d'elle depuis qu'il avait rencontré cette écervelée de Jennifer ! Cette fille n'était décidément pas de la même veine ni du même style que son fils. Elle pressentait qu'elle avait une mauvaise influence sur lui. Après plus d'une heure d'attente dans un couloir crasseux et sur une chaise des plus inconfortables, L'inspecteur Andel reçut enfin Louise dans son bureau. Louise se dit en entrant dans le bureau de l'inspecteur que si ses idées étaient aussi claires que celui-ci était range il n'était pas prêt de résoudre l'affaire qu'elle venait lui présenter.

- Alors madame... Stona... dit l'inspecteur en consultant un dossier qui surnageait par-dessus tous les autres, ...vous êtes donc ici m'a-t-on dit pour signaler des faits étranges concernant la disparition de ...- l'inspecteur lorgna à nouveau dans son dossier...- de votre belle fille, est-ce bien exact?

Louise se sentit tout à coup moins sûre d'elle et se dit que cet inspecteur aurait peut être dû mal à croire que l'on puisse ouvrir une enquête pour des histoires de chats... Elle répondit tout de même timidement en se calant au fond de sa chaise:

- Oui, oui, c'est tout à fait cela, monsieur l'inspecteur.

L'inspecteur patienta sans bouger en fixant Louise qui ne se décidait pas à poursuivre, puis il ajouta:

-Très bien, eh bien... je vous écoute madame Stona?...

- Oui, c'est-à-dire que voyez-vous, mon ex-belle fille et mon fils, qui lui est toujours vivant bien sûr, avaient deux magnifiques chats que j'ai déjà eu en garde lors de certaines de leurs absences: Rouqui un très gentil chat rouquin, comme son nom l'indique, fit Louise avec un sourire nerveux, .Rouqui et Félix...

-... Un très gentil chat noir et blanc comme dans la publicité je présume??" la coupa l'inspecteur qui s'impatientait, car Louise n'en venait pas assez directement aux faits à son goût.

- Oui!! Tout-à-fait, vous avez vu juste monsieur l'inspecteur! rétorqua aussitôt Louise souriant mais n'osant plus fixer du regard l'inspecteur qui la regardait maintenant étrangement.

Comme Louise ne semblait toujours pas vouloir poursuivre son discours, l'inspecteur impatient, l'aida d'un sourire las:

- Bien ! Mais jusque-là, rien de bien étrange me direz-vous chère amie? Pouvez-vous en venir aux faits s'il-vous-plait? dit-il en lui montrant du bout du regard par-dessus ses lunettes tous les dossiers qu'il avait encore sur son bureau.

- Eh bien, ils sont revenus! Les deux chats de mon ex-belle-fille sont revenus chez moi!! dit Louise avec un regard de terreur.

Après un temps, l'inspecteur reprit :

- Vous savez madame, les chats abandonnés finissent toujours par retourner dans des endroits où ils ont été bien nourris, et pour peu que votre fils manquait de temps pour s'occuper d'eux alors...

- Mais non! Mais non, mais vous ne comprenez pas! Ces chats devraient être morts inspecteur! Morts avec ma belle-fille, paix à son âme!

Louise ne put s'empêcher alors de sortir un mouchoir pour essuyer ses larmes d'effroi, que l'inspecteur prit pour des larmes de peine.

- Eh bien, pourquoi donc ces chats devraient-ils être morts avec leur ex-maîtresse madame? Êtes-vous bien sure qu'il s'agit bien des mêmes chats d'ailleurs?

- Oui, parfaitement! J'en suis tout à fait sûre inspecteur! Ils sont plus maigres et moins beaux car ils ont certainement dû passer des moments difficiles depuis, mais ils sont bien vivants, ça je peux vous l'assurer!

L'inspecteur qui semblait tout à coup intrigué, demanda alors à Louise dans quelles circonstances sa belle-fille était décédée. Louise lui expliqua qu'Eva était morte dans un accident de voiture lors d'un retour de séjour à la campagne, ses deux chats ayant été retrouvés tout comme elle, calcinés dans leur cage à l'arrière de la voiture.

Cette histoire de chat revenant intrigua en effet l'inspecteur Andel qui demanda à Louise si elle avait des photographies de ces chats en présence d'Eva ou dans leur ancien appartement. Louise avoua déçue, que non.

L'inspecteur lui expliqua alors qu'il serait difficile d'ouvrir une enquête tant que plus de preuves n'avaient pas été réunies concernant les chats. Il demanda à Louise de tenter de retrouver les carnets de vaccination des chats ou de contacter son ancien vétérinaire, afin de récolter plus de détails concernant les chats. Il lui demanda aussi de pendre des photographies des deux chats qu'elle avait recueillis afin de comparer leur "profil" avec ceux des précédents chats d'Eva.

Louise avoua que les chats allaient et venaient entre son appartement situé au rez-de-chaussée et l'extérieur, mais qu'elle allait tout faire pour les maintenir à l'intérieur dorénavant et les prendre en photo. Quant au carnet de vaccination des chats, cela serait sûrement compliqué car Eva les prenait toujours avec elle lors de ses déplacements.

L'affaire s'annonçait compliquée et un peu "spéciale" mais Karl Andel précisa à Louise que dès qu'il aurait obtenu ces informations, il enquêterait sur cette affaire.

Ceci rassura Louise qui se sentit enfin prise au sérieux et réconfortée. Elle espéra surtout que les chats se montreraient bientôt et que le vétérinaire (qui était bien celui qu'elle espérait être, elle n'en était pas bien sûre...) voudrait bien lui fournir les informations dont elle avait besoin pour l'inspecteur.

- Très bien, j'attends donc des nouvelles plus précises sur vos chats madame Stona ! hurla presque l'inspecteur en se levant de sa chaise et en raccompagnant Louise vers la sortie.

Louise ne se doutait pas que dès qu'elle serait sortie, celui-ci allait en raconter une "bien bonne" à ses collègues sur une histoire de "chats revenants"!

Louise crut percevoir des rires une fois dans la rue. Elle chassa de son esprit l'idée que l'inspecteur, qu'elle avait senti si sérieux et intrigué, puisse ainsi rire de son histoire.

Elle se promit alors pour dissiper tous les doutes, de ramener très vite à celui-ci les éléments nécessaires à l'ouverture de cette enquête des plus urgentes!

Les cris stridents des aboiements des deux chiens présents dans la salle d'attente, un malinois et un pauvre caniche tout pelé, entrecoupés des miaulements rauques et plaintif d'un chat persan enfermé dans sa cage, firent sortirent très vite Louise de la salle, dépitée.

Elle attendit donc debout, tout près du bureau surélevé de l'aide vétérinaire qui n'osa pas lui faire de remarque, mais son regard montra clairement à Louise qu'il n'appréciait pas la présence de celle-ci dans le couloir.

Elle lui expliqua alors que les cris des animaux lui étaient insupportables afin que celui-ci arrête de la dévisager. L'aide vétérinaire se remit donc par la suite à consulter ses dossiers et à répondre aux appels téléphoniques quasi-incessants.

Après trois quarts d'heure d'attente debout, et alors que la hanche de Louise commençait à la lancer, le vétérinaire vint enfin à sa rencontre muni d'un grand sourire interrogateur.

- Bonjour madame! Je crois que c'est à nous?! Que me vaut votre visite? lui demanda-il dans le couloir sans la convier à entrer dans son bureau voyant que Louise n'avait en effet pas d'animal avec elle.
- C'est-à-dire que... j'aurai préféré vous parler en tête à tête dans votre bureau monsieur Mouillard, lui glissa-t-elle doucement comme si elle avait des déclarations top-secrètes à lui confier.
Le vétérinaire fronça les yeux d'un air intrigué et répondit à Louise en l'invitant du bout du bras afin de la faire entrer dans son bureau:
- Très bien, allez-y madame, c'est par ici".
Il régnait dans le bureau du vétérinaire une odeur désagréable de produit antiseptique mélangée à celle de poils et d'urine de chien.
Louise à peine assise face au vétérinaire commença à parler sans attendre que le vétérinaire ne l'y invite:

- Vous avez du connaître une certaine Eva? Eva Stona? C'était ma belle-fille... Elle est aujourd'hui malheureusement décédée après un terrible accident...

Voyant que monsieur Mouillard restait de marbre car il ne comprenait pas son rôle dans cette histoire, Louise parla alors des chats:

- Elle avait deux beaux matous: Félix et Rouqui! Vous souvenez-vous d'elle ou d'eux Monsieur Mouillard?

- Vraiment désolé pour votre belle fille madame, c'est que j'ai tellement de clients, qu'il m'est difficile de vous répondre ainsi de mémoire. Laissez-moi vérifier dans ma base de données...

Louise avait les yeux qui pétillaient d'impatience et tenta de lorgner discrètement sur l'écran du vétérinaire.

Elle se contorsionnait tant sur sa chaise pour mieux y voir qu'elle se tordît le coup et poussa un petit gémissement qui la ramena un peu trop vite et maladroitement sur sa chaise dont elle avait presque décolle! Ceci lui valut un regard bas amuse de la part du vétérinaire. Et après quelques longues secondes:

-Humm.... J'ai beau chercher je ne vois pas d'Eva Stona dans ma base madame ?...Madame Stona aussi c'est cela je suppose?... fit le vétérinaire qui cherchait ainsi discrètement à obtenir le nom de Louise.

Celle-ci ne releva pas:

- Essayez avec le nom de mon fils: Samy, Samy Stona!" dit Louise en se penchant à nouveau dangereusement vers l'écran de son interlocuteur.

- Bien ! Je vais voir.... Mais pourquoi une telle recherche madame? Je ne comprends pas trop ce qui emmène vous ici pour tout vous dire" osa le vétérinaire qui trouva tout à coup étranges une telle précipitation et de telles recherches.

- Essayez! Samy Stona! Félix et Rouqui, entrez donc ceci vous dis-je, vous allez trouver, c'est sûr! cria Louise de façon autoritaire. Monsieur Mouillard fit une moue de mécontentement. Puis après un temps d'arrêt, il ferma d'un geste sec l'écran de son ordinateur.

- Avec tout le respect que je vous dois madame, si vous n'êtes pas la propriétaire de ces chats, je ne vois pas bien pourquoi vous recherchez de telles informations!" répondit-il de façon tout aussi autoritaire en souriant de façon agacée.

Louise surprise et brusquée, marqua quelques secondes avant de répondre :

- Il s'agit d'une enquête importante monsieur! Je ne peux pas trop vous en dire plus pour l'instant, je ne voudrai pas interférer avec le travail des inspecteurs..." dit-elle en se donnant de l'importance.

- Une enquête? Mais vous m'avez parlé d'accident non?

Louise sentait que si elle n'en disait pas plus monsieur Mouillard n'en démordrait pas. Elle eut un éclat de génie:

- Eh bien voilà: J'ai la garde de ces chats aujourd'hui et j'aurai voulu savoir s'il leur faut des aliments ou des soins spéciaux? »..mentit parfaitement Louise satisfaite de sa trouvaille.

Elle tentait ainsi de rendre monsieur Mouillard plus coopératif.

Celui-ci fut déçu de ne pas en savoir plus sur l'enquête en question, mais dut se rendre à l'évidence, s'il voulait garder Louise comme cliente, il devait lui répondre.

-Bien! Je comprends ce qui vous amène maintenant…! dit le vétérinaire à demi satisfait car il sentait bien que Louise l'avait rusé ! Il ouvrit son écran et tapota de nouvelles recherches. Après d'interminables secondes, il répondit enfin à Louise:

- Non… Non j'ai beau chercher dans tous les sens madame, je ne vois ni de Rouqui ni de

Félix associés à un quelconque monsieur ou madame Stona. Vous m'en voyez vraiment désolée madame.

Louise ne comprenait pas. Elle était pourtant sûre qu'il s'agissait bien du vétérinaire de son ex belle-fille. Elle lui avait si souvent vanté son talent pour soigner ses chats avec tendresse et compréhension!

- Y a-t-il un autre vétérinaire portant votre nom dans la ville monsieur? tenta Louise.

- A ma connaissance non madame Stona, dit monsieur Mouillard qui se leva pour lui signifier que son temps était malheureusement écoulé et que d'autres "vrais clients" s'impatientaient encore en salle d'attente.

- Mais pourtant je suis certaine, même convaincue qu'elle me parlait bien de vous! Un bel homme doté d'un beau sourire tendre, monsieur Mouillard, cela semble bien correspondre à votre description ne trouvez-vous pas ?

essaya Louise en espérant séduire et flatter le vétérinaire.

Le vétérinaire ne s'y laissa pourtant pas prerdre.

- Ecoutez madame Stona, je vous promets de faire de nouvelles recherches bientôt. Tenez, prenez ma carte de visite et rappelez-moi disons dans... disons deux jours. Nous avons récemment changé de logiciels pour gérer nos clients. Il est possible que certaines informations aient échappées au processus de transfert de données. Il faudra bien 48h à mon associé pour passer en revue toute notre ancienne base. Je vous promets de faire le nécessaire.

Le vétérinaire avait déjà judicieusement raccompagné Louise vers le couloir. La salle d'attente était à nouveau bondée.

- Très bien. Je vous rappellerai monsieur Mouillard, dans deux jours sans faute, c'est noté, dit Louise qui ne comprenait pas pourquoi monsieur Mouillard ne se souvenait pas de sa belle-fille qui était venue pourtant si souvent dans ce cabinet d'après ses dires.

- Comment est-ce possible…? pensa-t-elle en marchant à pied vers chez elle. Il va la retrouver, c'est certain. Ça ne peut pas être autrement. Comment peut-il avoir oublié Eva qui me parlait sans arrêt de son vétérinaire?!

Eva se dit qu'il fallait absolument qu'elle rencontre à nouveau Samy pour tenter d'en savoir plus sur ses projets. Peut-être parviendrait-elle à le raisonner, à le duper. Il fallait qu'elle change de stratégie. Elle connaissait Samy. Elle savait qu'il aimait être compris. Qu'il aimait parler de ce qui le tenait à cœur. Il ne supportait surtout pas être contredit ni contrarié. Elle allait l'interroger sur les détails de ses recherches et lui faire croire qu'elle en était admirative. Il fallait le rendre moins suspicieux si elle voulait avoir une chance de l'amadouer.

À ce moment-là, des bruits de voix éclatèrent derrière la porte d'entrée. Des hommes semblaient se disputer. Le verrou céda brusquement après un bruit métallique de clefs.

Samy déboula dans la pièce, il semblait furieux. Il prit les barreaux de la cellule d'Eva entre ses mains:

-Où sont tes chats?! Qu'as-tu donc fait de tes chats Eva!?

- Ils... Ils se sont enfuis! ... répondit Eva qui s'était réfugiée du côté opposé de la cellule.

-Enfuis?! Mais comment ça, enfuis?! On ne peut pas s'enfuir ainsi de ce trou pourri!!!?

Les yeux de Samy étaient exorbités et de la salive coulait de ses lèvres. Si Samy avait été un chien, elle aurait été persuadée qu'il avait la rage pensa Eva. Rester calme. Rester calme et le rassurer:

- Je crois qu'ils ont suivi des souris Samy. Ils en sont fous tu te souviens? Ils nous en rapportaient souvent tels des trophées? tenta-t-elle en espérant calmer en Samy en réveillant en lui quelques souvenirs agréables. Ils chassaient ensemble, rappelle-toi. Ils nous les rapportaient presque mortes à mon grand désespoir! Et j'allais libérer les survivantes dans...

- Par où?! la coupa Samy furieux. Par où ces sales bêtes sont-elles sorties bon sang! Tu vas me le dire!!

-Eh bien... Je crois que c'était par-là...

Eva indiqua vaguement le coin de la cellule d'où elle avait vu ses chats s'enfuir. Samy se retourna et fronça les sourcils espérant ainsi percevoir quelque chose dans le recoin très sombre que lui montrait Eva.

Eva tenta à nouveau:

- Samy je comprends tu sais, je ne t'en veux pas. Libère-nous et je te promets que nous ne tenterons rien contre toi. Pourquoi est-ce qu'on essaierait de mettre fin à tes recherches qui sont j'en suis sure révolutionnaires? Tu as appliqué ce que tu savais possible sur les rats, sur des humains voilà tout! Tu as réussi en stimulant électriquement in-utéro les aires cérébrales adéquates pour développer des dons particuliers chez tes....enfants…chez nos enfants… dit Eva qui s'écœurait elle -même en prononçant ces derniers mots.

Après un silence elle posa une vraie question:

- Samy, mes embryons ont-ils donné naissance à des enfants?"...

Cette question perturba Samy qui ne parvenait décidément toujours pas à voir quoi que ce soit dans le recoin sombre de la cave que lui avait indiqué Eva. Eva sentit qu'elle avait fait mouche.

Des lumières jaillirent des yeux de Samy qui se retourna vers Eva et lui dit fier de lui:

- Tu serais fière d'eux Eva! Ton petit dernier joue au piano à trois ans seulement, aussi bien que Mozart à 6! Je l'ai appelé Tom. Il y aussi Charline qui est déjà polyglotte à 7 ans! : Elle maitrise parfaitement le chinois, l'anglais, l'espagnol, l'allemand et le français!! Quant à Arthur il fait son internat de chirurgie à 12 ans!

Eva manquait d'air.

- Trois enfants? ...

- Les embryons n'étaient donc pas non-viables lorsqu'on me les a retirés?!

- Non, bien évidemment Eva. Tu n'as pas idée combien de temps l'embryon perd stupidement durant ses trois derniers mois in-utéro ! Du précieux temps perdu sans aucune valeur ajoutée, juste pour prendre du poids! Les phases critiques de maturation post-fœtales que tu connais j'en suis sure, nous avons pu les accélérer avec mes collaborateurs. Nous savons maintenir en vie en couveuse depuis bien longtemps les embryons de 5 mois. Grâce à moi, les dernières étapes de leur développement cognitif ont pu être accélérées. Grâce à moi, nous avons enfanté des génies Eva! Les premiers d'une toute nouvelle génération d'enfants prédisposés à certains dons! Des enfants... Enfin plus vraiment. De petits adultes plutôt car j'ai aussi réussi à inhiber la zone de leur cerveau qui leur aurait sans cela fait perdre du précieux temps d'apprentissage ! Ces enfants auraient passé sans cela la quasi-totalité de leur jeune vie à jouer au lieu d'apprendre, un vrai gâchis que j'ai réussi à leur faire éviter! Mieux encore! En activant le circuit neuronal de la récompense, ces enfants m'en demandent toujours plus à apprendre! De vrais boulimiques de savoirs et de connaissances! Je n'ai pas non plus oublié de stimuler leur physique car à ces âges, les jeunes humains ont un grand besoin de se dépenser et si ce besoin n'est pas comblé, ce sont des troubles du comportement qui les perturbent ensuite. Et qu'est-ce qu'une tête bien pleine sans un corps sain, n'est-ce pas Eva? Le but, tu t'en doutes dans un premier temps, est de les faire vivre 150 ans au moins! Imagines-tu la somme de connaissances que ces enfants pourront accumuler et les progrès à venir grâce à eux?? Ces âges avancés seront possibles grâce aux nombreux embryons congelés que tu as pu leur offrir Eva! Toi et d'autres femmes ! Il a fallu beaucoup de donneuses pour en arriver là. Résultats: ces enfants auront autant de cellules souches et d'organes de rechange qu'ils en auront besoin! Tu as été bien plus fertile et utile à mes recherches que tu ne le crois ma chérie!

Il l'avait appelé "ma chérie "! Eva croyait rêver!! Samy cessa tout à coup ses explications scientifiques. Eva s'en voulut de ne pouvoir rien dire de plus pour encourager Samy à poursuivre ses explications, mais ce qu'elle venait d'apprendre l'avait littéralement paralysée!

- Par contre, tes chats Eva!! Tes satanés chats risquent de nous poser de sérieux problèmes, sache-le! ... Pourquoi ne les as-tu donc pas gardé près de toi!!?

Samy avait à nouveau ce regard de fou.

- Et cet incapable qui ne s'en est même pas rendu compte! ... Je vous garde toutes les deux vivantes car vous risquez de m'être utiles pour m'aider à protéger mes génies! Ce sont mes bébés, nos bébés! Je ne les laisserai pas nous les voler! Et ne tentez-rien non plus toutes les deux, ou vous le regretterez!!! C'est compris?!...

- Oui, oui, monsieur Samy compris, compris! s'écria Samia qui était en fait ravie d'apprendre qu'il la garderait sauve.

-Eva? Tu me promets de ne rien tenter non plus?

- Oui...Oui, fit-telle complètement effondrée.

Il restait encore quelques forces à Eva. Elle ne voulait pas laisser repartir Samy sans rien tenter. Elle rassembla donc ses dernières forces et lui lança:

- Je veux les voir! Je veux voir mes enfants!! Sans quoi je me laisserai mourir de faim, tu entends Samy?! J'ai au moins le droit de les voir!!

Eva fut tout aussi surprise que Samy des mots qu'elle venait de prononcer! Son instinct de mère s'était réveillé!

Louise appela tous les vétérinaires de la ville en vain! Ils lui avaient tous répondu la même chose.

- Non madame, nous n'avons personne de ce nom-là chez nous.

- Nous n'avons personne! Non madame!! Gnagnagna! Mais je ne suis pas folle!

Où Eva avait-elle donc été trouver son bon-sang de vétérinaire!?"…. L'étau se resserrait de plus en plus vers sa première piste. Il devait bien s'agir de monsieur Mouillard! Louise avait toujours eu une très bonne mémoire, et du flair!

Quarante-huit heures tapantes plus tard, Louise rappela le cabinet de monsieur Mouillard. En effet, il avait bien eu deux chats nommés Félix et Rouqui qui avaient appartenus à une certaine madame Stona. Louise le savait! Bingo!

- Donc si je passe avec un de ces chats vous pourrez vérifier qu'il s'agit bien d'eux, grâce à leur puce n'est-ce pas ?

- Eh bien, si ces chats avaient été pucés oui bien sûr.

- Très bien docteur, quand puis-je venir monsieur Mouillard, c'est urgent vous vous en doutez?

-Eh bien, en fait je suis désolé de vous décevoir Mme Stona, mais je crains que nous ne soyons pas dans ce cas de figure.

-Comment cela, « pas dans ce cas de figure »??

- Je crains madame de n'avoir trace d'aucune immatriculation de puce pour ces deux chats dans ma base...

- Mais c'est impossible! Ces chats étaient pucés j'en suis sûre, j'avais vu leur médaillon avec leur numéro de puce dans leur carnet de santé, même que je me souviens que j'avais demandé à ma belle-fille à l'époque pourquoi elle ne leur attachait pas au cou. Elle m'avait répondu que trop d'accidents de chats pendus à leur collier avaient lieu chaque année et donc qu'elle préférait ne pas leur mettre de collier. Je me souviens de cette discussion comme si elle avait eu hier monsieur Mouillard! hurla Louise dans son téléphone.

Un silence, puis:

- Je suis vraiment navré madame, mais je n'ai rien à propos de ces immatriculations dans ma base.

Louise raccrocha de rage sans même remercier ni saluer son interlocuteur. Elle pressentait à nouveau que des choses étranges se tramaient. Sa belle-fille qui était morte dans un tragique accident, ses chats qui réapparaissaient comme par miracle 2 mois après sa disparition alors que leurs corps étaient censés avoir été retrouvés calcinés. Et Samy qui avait si radicalement changé depuis l'accident... Cette femme, Jennifer, qui avait débarqué brutalement dans leur vie, une femme de si mauvais goût et qui s'appariait si mal avec Samy. Une femme tombée d'on ne sait où et qui avait apparemment une belle emprise sur son fils.

Eva dormait de plus en plus mal. Ses nuits étaient très agitées. Elle rêvait de ses chats qui lui manquaient et espérait dans ses rêves qu'ils avaient trouvé de nouveaux maîtres ou qu'ils avaient trouvé un abri et de quoi se nourrir. Elle savait qu'à deux ils arriveraient mieux à chasser et que s'ils étaient restés ensemble ils s'en sortiraient. Mais curieusement, dans ses rêves, elle les voyait lui parler. Ses chats étaient devenus peu à peu humains. Dans son rêve, elle vivait encore avec Samy, ses deux chats "mi humains-mi chats » apprenant pour l'un le piano, pour l'autre trois langues, les premiers chats hybridés avec l'homme de la planète!! Eva et Samy avaient créé un numéro de cirque unique au monde qui attirait des millions de curieux de par le monde entier!!! Ils étaient devenus millionnaires grâce à leurs chats monstrueux!! Mais dans son rêve, ses chats devenaient si monstrueusement humains qu'ils les avaient finalement croqués après une chasse menée à deux! Ils étaient devenus leurs souris!

Lorsqu'Eva vit dans son rêve les crocs de Rouqui s'approcher puis se refermer sur ses bras repliés sur sa tête, elle se réveilla trempée de sueur en criant:

- Non, non! Rouqui, non! C'est moi Eva, je suis ta maîtresse, je t'en prie ne me mords pas!!!

A son réveil, Samy, qui était allongé près d'elle, lui dit comme souvent:

- Encore ces mauvais rêves ma chérie? Allez raconte-moi celui-ci. Il a dû être particulièrement terrible, si j'en crois le cri perçant que tu as poussé et comme tu transpires!!

Samy souriait, bien qu'elle l'ait réveillé en sursaut. Il était calme et accoutumé aux rêves d'Eva.

- A force de rêver ainsi tu vas finir par faire du mal à notre bébé ma chérie...

Eva ne comprit pas tout de suite et regardait encore Samy avec terreur. Avait-elle vraiment tout imaginé?? Les recherches sur les embryons humains? Sana? Le trafic d'enfants via des femmes migrantes syriennes??? Eva raconta alors tout à Samy.

- Il va vraiment falloir que tu limites la télévision mon cœur. Les hormones te rendent particulièrement sensibles à tout ce que tu vois. Nous n'aurions pas dû voir ce film fan-

tastique hier. Tu as fait un mélange terrible entre ce film et cette tragédie dont ils ont parlé hier aux informations: ces nombreuses femmes enceintes migrantes venant de Syrie qui se sont noyées en Méditerranée...
Oui, ça y est, tout revenait en bloc dans la mémoire d'Eva.
Samy se pencha sur son ventre rond et lui chuchota dans l'oreille: -"Tu ne veux tout de même pas traumatiser notre futur bébé ma chérie?". Comme pour la rassurer encore, Rouqui et Félix sautèrent de concert sur leur lit.
- Ta psychologue avait prédit que ta grossesse amplifierait certainement tes cauchemars, tant tu as été habituée par le passé à prendre des calmants et des somnifères pour dormir. Nous étions prévenus! Allez Eva !! Debout!! Maman nous attend pour déjeuner! Et tu n'as même plus besoin de t'occuper de faire le ménage, je t'ai préparé une surprise!
- Une surprise?

- Oui! Voyant que tu étais si fatiguée à seulement trois mois de grossesse, j'ai décidé d'embaucher une femme de ménage!!! Elle m'a été recommandée par maman.

Ouf! Tout n'était donc qu'un rêve!! Rien qu'un mauvais rêve!!! Eva se jeta au cou de Samy et dit finalement soulagée et amusée:

-Ta femme de ménage, elle ne s'appellerait pas...humm... attends voir...Jennifer??

- Eh non, pour les dons de voyance tu repasseras ma chérie! la taquina Samy.

Ils passèrent tous les deux un agréable déjeuner en compagnie de Louise, qui n'arrêtait pas de dire à Eva combien elle semblait épanouie depuis qu'elle était enceinte!

- Enfin ! Tous vos efforts auront payé mes chéris! Et je vais enfin être grand-mère!! Tu peux manger pour deux Eva nourris-le donc ce petit, il le mérite!!

- Oui, enfin je ne veux pas qu'il naisse obèse non plus Louise!! plaisanta Eva.

- Et pas question de prendre le moindre risque! Tu lui as parlé de Sana, Samy?

- Sana!!!? s'écria Eva en s'étouffant presque!

- Eh bien oui, la femme de ménage... Eva ??... Eva ?? Que t'arrive-t-il donc? Tu ne te sens pas bien? demanda soudain Louise inquiète.

Une coïncidence! Ce ne pouvait être qu'une coïncidence! Tout cela n'avait été qu'un rêve! Un rêve!! Eva voulait en finir, juste en finir! Elle ferma alors longuement ses yeux....

- En les ouvrant à nouveau », se dit-elle, tout rentrera dans l'ordre. Certaines coïncidences sont tout de même troublantes. Très troublantes.

Eva préféra en sourire pour se rassurer, même si elle souriait jaune. Elle se décida enfin à rouvrir les yeux et articula péniblement en se forçant à sourire:

- Non, non, ça va... Je vais bien. Tout va très bien. Sana... Bien sûr, c'est un très beau prénom. Si nous avons une fille, elle s'appel-

lera Sana, dit Eva, qui voulut marquer la situation d'une note positive cette fois.
- Tu nous as fait peur, on a cru que tu te sentais mal! » lui lança Samy, soulagé.
- Je crois que j'ai des bouffées de chaleur! Les hormones, forcément!! Je vais me passer un peu d'eau sur le visage et dans les cheveux, ça ira mieux, dit-elle, pour rassurer tout le monde.
Eva disparut dans le couloir menant à la salle de bain, un couloir douillet muni d'une moquette beige au sol, tandis que Louise expliquait à son fils et à Georges combien il était difficile d'être zen durant les premiers mois de grossesse :
- Moi aussi je me souviens, lorsque j'étais enceinte de toi Samy, j'ai fait pas mal de malaises les trois premiers mois! Ah, ces hormones !!! se souvenait-elle.
Le contact frais du carrelage de la salle de bain surprit Eva qui était pieds nus. Elle ent-

reprit tout de même d'ouvrir le robinet encore plus froid.

Elle laissa un peu couler l'eau afin que celle-ci se rafraichisse bien puis elle glissa les deux mains sous le jet. Elle se mouilla d'abord le visage, puis la nuque. La fraicheur et la douceur de l'eau lui firent un bien fou. Lorsque ses doigts tombèrent sur une croûte à l'arrière de son crâne, Eva releva la tête terrorisée.

- Non !! Non !!!

Eva se retint de crier. Elle ne savait plus si elle était dans un rêve ou dans la réalité, il lui semblait perdre pied et devenir folle.

Elle décida finalement de se raccrocher à la réalité. Samy et Louise étaient dans la pièce d'à côté, ils l'attendaient, tout irait bien.

Eva allait tranquillement les rejoindre et elle oublierait tout! Tout !!!! Elle voulait juste reprendre le cours normal de sa vie.